U0087893

假面戰神狄青

萬花樓演義

原著　清・李雨堂
編寫　張博鈞

三民書局

主編的話

在經典故事中成長

　　我常常思索著，我是怎麼成了一個說故事的人？

　　有一段我已經忘卻的記憶 ，那是一個沒有什麼像樣娛樂的年代，大人們忙著養家活口或整理家務，大部分的孩子都是自己尋找樂趣，妹妹告訴我，她們是在我說的故事中度過童年的。我常一手牽著小妹，一手牽著大妹，走到家附近那廢棄的老宅前，老宅大而陰森，厚重而斑駁的木門前有一座石階，連接木門和石階的磚牆都已傾頹，只有那座石階安好，作為一個講臺恰到好處。妹妹席地而坐，我站上石階，像天方夜譚般開始一千零一夜的故事。

　　記憶中的小時候，我是個木訥寡言的人，所以當小妹說起這段過去時，我露出不可思議的神情，懷疑她說的是另一個人的事。雖然如此，我卻記得我是如何開始寫故事的。那是專三的暑假，對所有要上大學的人來說，這個暑假是很特別的假期，彷彿過了這個暑假就從青少年走入成年。放暑假的第一天，我從北部帶著紅樓夢返家，想說漫長的暑假適合讀平日零碎時間不能完整閱讀的大部頭。當我花了兩個星期沒日沒夜看完紅樓夢，還沒從寶黛沒有快樂結局的悲悽愛情氛圍中脫身，突然萌生說故事的衝動，便在酷暑時節，窩在通鋪式的臥房，以摺疊成山的棉被權充書桌，幾個下午就完成我的第一篇短篇小說、我說的第一個故事。寫完時全身汗水淋漓，用鉛筆寫的草稿也被手汗沾得處處字跡模糊，不過我不擔心，所有的文字都在我腦海中，無需辨認。之後我又花了幾天把草稿謄在稿紙上，投寄到台灣日報副刊，當那個訴說青春少女和遲暮老人忘年情誼的小說變成鉛字出現在報紙副刊，我知道我喜歡說故事、可以說故事，於是寫了一篇又一篇的小說，直到今天。

　　原來是經典小說帶領我走入說故事的行列，這段記憶我始終記

得，也很希望在童年時代還耐不下性子閱讀原典的孩子們，能和我一樣在經典故事中成長。

雖然市場上重新編寫經典小說的作品很多，但對我這個有兩個少年階段孩子的母親來說，卻總覺得找不到適合的版本，不是太簡單，就是太難，要不然就是刪節得不好，文字不夠精確等等，我們看到了這當中的成長空間，於是計畫進行一套經典小說的改寫版本。

首先我們先確定了方向，保留較多文學性，讓這套書適合大孩子閱讀；但也因為如此，讓我們在邀請撰稿者方面碰到不少困難。幸好有宇文正、石德華、許榮哲等作家朋友們願意加入，加上三民書局之前「世紀人物 100」的傳記書系列，也出現了不少有文采、有功力的寫作者，讓這套書可以順利進行。對於文字創作者來說，創意是珍貴的資產，但改寫工作就像化妝師，被要求照著一張照片化妝，不能一模一樣，又不能不一樣，一些作者告訴我，他們在撰寫這系列的書時，常常因為想寫的和原著不太一樣而卡住，三民書局的編輯也常常要幫著作者把寫作節奏拉回來，好幾本書稿都是初稿完成後，又大幅刪修，甚至全部重寫。辛苦的代價便是呈現在讀者面前的這套書——文字流暢、故事生動，既有原典的精華，又有作者的創意調拌，加上全彩印刷、配圖精美。這是我為我的孩子選擇的一套書，作為他們告別青春期的最佳禮物，希望能和天下的學子、家長們分享，也期待這套「大部頭的套書」，經過作家們巧妙的改寫、賦予新生命後，保留了經典的精神，又比文言白話交雜的原典更加容易親近，讓喜歡聽故事、讀故事的孩子，長大後也能說故事、寫故事，於是中國經典文學的精華就能這麼一代一代傳誦下去。

iii

林黛嫚

作者的話

歌仔吟哦中的英雄傳奇

　　記得幼年時期，我經常跟著母親看歌仔戲，往往一到晚上六點，電視上就會傳來熟悉的旋律。先是響亮的「楊麗花歌～仔戲」作為開頭，接著便是依據不同戲劇情節編寫的主題曲。比如薛丁山與樊梨花：「白袍將軍薛丁山，移山倒海樊梨花，慧劍斷情絲，我三請才團圓，皇天疼惜有情人，英雄美人結連理。」比如新狄青：「山西太原出英才，賣魚賣粽無人知，……誤走番邦做女婿，八寶公主笑哈哈，狄青帶領五虎將，臨陣殺敵如蛟龍，……。」

　　懵懵懂懂的年紀，其實根本不懂得欣賞所謂的戲曲之美，小小的心靈裡，只覺得電視上搬演的故事精采有趣，於是便這樣一齣看過一齣。如今回想起來，那個時候應該已經算是電視歌仔戲最後的輝煌時期了吧？當時三家無線電視臺，每隔一段時間，就會推出一檔歌仔戲，在台視擔綱演出的，是歌仔戲界的最佳情侶檔：楊麗花、許秀年；中視則是黃香蓮搭配廖麗君跟易淑寬，至於華視，則有葉青跟林美照或狄鶯聯袂演出。

　　榮景正好的時候，有時甚至三家電視臺同時都有歌仔戲推出，競爭之激烈，完全是現在無法想像的。高中以後，電視上的絲竹管絃，漸漸失去了聲響，才子佳人、英雄好漢的身影，也不再伴隨鑼鼓點而出現。電視歌仔戲逐漸消聲匿跡，要隔好久好久，才有機會在電視上看到一部新作，再到後來，幾乎只剩下以前的作品，在某些電視臺，被一再的重播。當三臺對黃金八點檔的製作都越來越萎縮，再也沒有一代女皇、庭院深深之類的經典出現，又如何期待電視歌仔戲有往日的榮光，於是終於懂得戲曲之美的我，也只能經由那些重播的橋段，去尋繹歌仔戲的唱腔之美和動人身段。

　　其實，我對很多古代故事的認識，都是從歌仔戲開始的。苦守

寒窯十八年的王寶釧，萬里尋夫的孟姜女，入世報恩的白素貞，還有女扮男裝為官，搭救夫婿滿門的孟麗君，乃至於羅通跟屠爐公主、唐伯虎點秋香等都是。原本一直以為，所有人對於這些故事，應該都和我一樣熟悉，但執教以後才發現，就連最最有名的白蛇傳，學生都頂多知道有這個故事，卻未必了解劇情梗概。因為在他們成長的環境裡，如斯的鄉野傳奇，早已漸漸淡出了視野。如此說來，歌仔戲的存在，就傳承古代傳奇而言，其實是具備相當意義的。相較於現今學生對這些故事的陌生，有時覺得愛看歌仔戲的自己，其實也挺幸福的。

就拿狄青的故事來說，我第一次知道這位大宋的平西元帥，也是透過歌仔戲。記得台視播出新狄青，約莫是在我國小的時候，天王巨星楊麗花扮演狄青，許秀年則扮演單單國的八寶公主。當時也未曾深究所謂的新狄青究竟「新」在何處，只覺得楊麗花扮演的狄青，在未發跡之前，古道熱腸的天真模樣，著實愣頭愣腦的可愛。一直到很後來才發現，原來這不是楊麗花第一次把狄青的故事搬到螢光幕上。在更早以前，她就曾經演過狄青的故事，而那時候我搞不好都還沒出生，要不是霹靂電視臺將楊麗花的舊作拿出來重播，我大概永遠不會知道這件事。

早期那齣狄青故事，戲名就叫「萬花樓」，想是根據萬花樓演義而來。當時看到電視臺要重播這齣戲，我還以為是演青樓女子的故事，畢竟「萬花樓」在大多數的戲劇裡，往往都被用作妓院的名稱。認真看下去之後才發現，什麼？原來「萬花樓」就是狄青的故事喔？之後，看著陳舊的電視畫面，在歌仔音韻的吟哦中，我看到一個跟之前印象不盡相同的狄青故事。

如今，有幸接下這部小說的編寫工作，過程中，我腦海裡總會一再浮現楊麗花英挺的<u>狄青</u>扮相，還有由<u>陳亞蘭</u>粉墨登場的<u>石玉</u>郡馬。可惜，萬花樓演義裡沒有許秀年扮演的<u>八寶公主</u>這個角色，因此少了點溫柔活潑的色彩。儘管如此，下筆之時，耳邊總還是依稀迴響著歌仔戲的旋律，那在後現代社會裡慢慢消音的都馬搖版，就如同那些在當今社會中，漸漸被遺忘的經典傳奇，那些屬於<u>江南</u>，屬於大漠，屬於過往五千年的古典風華……。勢單力薄如我，也只能透過筆端，勉勵一試，將它們召喚到你我面前。

張博鈞

萬花樓演義

目次

導讀

每個時代都嚮往英雄

　　四大奇書三國演義、水滸傳、西遊記以及金瓶梅的出現，標誌著中國小說鼎盛時期的到來，自明代中期以後，小說一躍而成為文學史上的主角，創作風潮方興未艾，不論是長篇鉅作，或是短篇佳製，均取得了輝煌的成果。清代以後，小說的創作更是有如百花齊放，從而出現了中國小說史上的偉大傑作，紅樓夢。紅樓夢之外，各類題材作品亦層出不窮，顯示出清代小說創作驚人旺盛的生命力，萬花樓演義便是在這樣一個時期產生的作品。

　　萬花樓演義的主角狄青在宋史中有傳，因此若以小說描寫的人物作為分類依據，萬花樓演義當屬歷史小說；但根據書中內容看來，小說中所寫的大多是沒有歷史證據的傳奇故事，明顯是以虛構為主，因此不屬於嚴格意義的歷史小說，反而接近於英雄傳奇小說，屬於歷史小說的一個支派，其淵源當可上溯至刻劃了眾多英雄形象的水滸傳。這類英雄傳奇小說在清代大行其道，諸如：兒女英雄傳、七俠五義、三俠五義等作品，均曾占有廣大的市場，萬花樓演義在當時也曾相當流行。

　　有趣的是，萬花樓演義並不是清代第一本寫狄青傳奇事跡的小說，在它之前已有廣泛流行的五虎平西前傳、五虎平南全傳兩書在寫狄青故事，但由於這兩部小說對狄青發跡之前的故事完全沒有交代，本書作者

i

便希望藉由萬花樓演義將之補足，因此這本小說是從狄青幼年時寫起。故事的開頭，狄青尚在襁褓之中，但許多線索已在第一、二回中緩緩鋪展開來，到了第四回，狄青已是一個俊俏青年，小說的敘事主線浮現，之後的情節便隨著狄青的歷險，高低起伏，次第展現在讀者眼前。

　　雖然萬花樓演義在清代曾經風行一時，但嚴格說來，它並不算是一部上乘的作品，小說中瑕瑜互見，有優點也有缺點，這是無須諱言的。作為一部英雄傳奇小說，萬花樓演義在情節的安排上確實有它精到之處，整個故事可以說是高潮迭起，一個衝突緊扣著另一個衝突，其驚險刺激之處，完全足以抓住讀者眼光，讓人忍不住要往下閱讀，急著要知道後話如何。另外，小說中的主角雖然是狄青，但敘述的重點卻有主線、副線之分，主線自然是以狄青為主，副線則是以包拯為主，但作者在敘述時不僅絲毫不亂，不會讓人感覺兩條線毫不相關，最後還能透過情節安排，將主、副線綰合在一起，足見其針腳之密。

　　然而萬花樓演義也有它無法令人忽略的缺點，它的文字與水滸傳之類的上乘著作比較起來粗疏許多，在小說中也有不少冗贅的敘述，在時代背景、官制名稱的書寫上，往往混用清制，不符合宋代的歷史狀況。但這不過是形式上的缺點，還可忽視，比較容易令人詬病的缺點，其實來自於作者的思想。從字裡行間可以看出，作者的思想十分八股，小說文字中處處透露出一股迂腐氣息，如作者對狄青婚配的改寫，即顯示出作者對漢以外民族的歧視。又如在第五回中，狄青因為失落了子母錢，旅費沒有著落，對著滾滾河水，居然有這樣的想法：「如今難以度日，我亦斷不街頭求丐的，頂天立地之漢，豈肯作此羞慚之行？不若投身水府，以了此生，豈不乾乾淨淨！」

一個少年男子，因為沒有錢竟然就要自我了斷？不街頭求丐，難道不能做點其他事自力救濟嗎？可笑的是作者居然還稱讚這種懦弱的行為說是「高品」，真是令人無言。

此外，作者的宿命思想、對皇權的歌頌、對禮教的宣揚，都使得小說的藝術性或多或少受到損傷，對人物形象的削弱也就在所難免了。這些思想上的缺點，當然是時代的局限所造成，不能對作者過於苛求，但現代讀者在閱讀時應該能有所體認，否則便顯得時代未曾進步了。

儘管萬花樓演義有其不可迴避的缺點，但它的貢獻亦不容抹滅，如：它繼承前人，將先前小說、說書，乃至戲曲中的狄青故事做了一番整理、補充，使故事從狄青發跡寫到封爵，首尾俱全。另外，後世非常風行的包公故事「貍貓換太子」，首次以書面形式出現，便是在這部小說中，作者將這段宋宮祕史架構得十分完整，後來戲曲、小說中的「貍貓換太子」便是在李雨堂的梗概下再加以生發、改編。

小說自古以來均被視為小道，儘管明清時期小說創作勃興，這類觀念其實亦未有明顯改變，連曠世鉅作紅樓夢的作者問題都沸沸揚揚的吵了一個世紀有餘，其他作家就更不用說了。因此有關萬花樓演義作者的資料非常稀少，根據小說序言，只知道作者名叫李雨堂，別號西湖居士，至於更進一步的生平資料，便付之闕如了。

導讀至此，還是要說說編寫

的情況。由於萬花樓演義共有六十八回，卷帙浩繁，人物、情節繁多，編寫時難免大量刪改。原本想只寫主線狄青的故事，但這樣一來，副線的「貍貓換太子」便無法寫入，顯得有些可惜，因此便以主、副線的交叉點——狄太后，作為故事的切入點，以便扣住兩條線索。之後的敘述還是著重在狄青身上，情節主要還是依據原著略作更動，至於原作者一些迂腐的言論，不合理的情節，在編寫時都進行了刪改，希望大家能夠接受。

寫書的人
張博鈞

目前就讀師大國文研究所博士班，喜歡看小說，尤其喜歡將各種知識融進故事情節，豐富人物特色的作品，比如曹雪芹的紅樓夢，比如金庸的武俠小說，比如朱少麟的傷心咖啡店之歌、燕子之類的作品。星座是射手座，卻沒有一點冒險犯難的精神，倒是有射手座莽撞的天真。喜歡冬天的寒冷，討厭夏天的悶熱，喜歡喝茶的悠閒，也喜歡喝咖啡的從容，喜歡讀詩，也喜歡讀詞，……還有其他喜歡的，一時想不起來。

萬花樓演義

楔子

夕陽斜映在王府後院，橘紅色的光芒，將花木的影子拉得老長。光影交錯中，兩個少年躡手躡腳的穿過花徑，上了獨立於後院的一幢小樓。走在前面的少年回頭向弟弟做了個噤聲的手勢，小心翼翼的走到窗邊，隔著雕鏤精細的窗扉往內張望。此時，房中尚未點上燈火，夕陽將整個房間映照得絳紅一片，滿室餘暉之中，只見一名宮裝少婦獨自坐在桌邊，手裡不知道拿著什麼東西，正呆呆的看著它出神。

從沒見過母親這般心事重重的模樣，少年不禁皺起眉頭，但好奇的他隨即踮起腳，努力睜大眼想看清楚母親手裡拿的東西，錯落的光影間，他只看到一團模模糊糊的白色光影。正想再探頭看清楚些，卻感覺衣袖被人輕輕拉了一下，他向旁邊噓了一聲，沒發現弟弟身邊已經多了一個人，仍舊努力的向房內張望。

「殿下，要不要奴婢進去幫您點盞燈，好讓您看得清楚些？」身後的人在少年耳邊用氣音低聲說著。

少年回頭一看，發現是母親的貼身丫鬟，他尷尬一笑，搔了搔頭，稚嫩的臉上浮起淡淡的紅暈。正要怪把風的弟弟沒有提醒他，害他這個王爺世子在下人面前出了大糗，卻見弟弟拿著一根糖葫蘆，正吃得不亦樂乎，哪裡還記得把風的重責大任。

他搖搖頭，正想念弟弟兩句，卻聽見房內傳來母親的詢問：「誰在外頭？是禎兒嗎？」

他還沒回答，身邊的丫鬟卻先回應：「娘娘，是奴婢翡翠，天晚了，來給您點燈。」翡翠一邊應聲，一邊指著少年身上凌亂的衣裳，示意他整理好，這才推開門進房去。

少年整整衣衫，順便狠狠推了一下弟弟的額頭，才跨步進房。他走到母親面前躬身行禮，恭敬的說：「孩兒給母妃請安。」

王妃一抬頭，看見兩個兒子的模樣，忍不住笑了出來。只見少年灰頭土臉，一身狼狽，卻還裝出一副成熟穩重的模樣，格外引人疼惜。而跟在他身後的弟弟，紅撲撲的小臉上糊滿糖漬，就像隻花臉貓似的。

「又到院子裡去掏蟋蟀了？瞧你弄得一身，先把

外衣脫了。」王妃拉過少年，拿出手絹替他擦臉，接著對翡翠說：「翡翠，妳喚人去殿下房裡拿衣裳過來。」

少年脫下外衣，轉頭瞥見桌上放著一個烏木匣子，好奇的問：「母妃剛才是在看匣子裡的東西嗎？看得好入神。」

「你們在外頭偷瞧多久啦？」王妃將小兒子的臉擦乾淨，笑著瞄了大兒子一眼，才說：「這是當年你們外祖母在我進京時送給我的玉珮，這可是狄家傳家之寶。」她打開匣盒，匣中放著一只殷紅色的玉鴛鴦，那鴛鴦雕刻得栩栩如生，非常精巧。難得的是，玉石質地古樸溫潤，還有霞光隱隱流動，更顯珍異無比。

「這玉鴛鴦原本是一對，當日我離家時，你們外祖母把雌的給了我，雄的就留給了你們舅舅。」王妃纖纖玉指在玉珮上來回輕撫，臉上滿是對親人的懷念。

「原來孩兒還有外祖母和舅舅啊，怎麼從來不曾見過呢？」少年有些驚訝，好奇的話語衝口而出，牽動了王妃深埋的心事。

王妃姓狄，名千金，是山西太原總督狄元的女兒，

她的哥哥狄廣身任太原總兵。當年朝廷選秀女時，她被選進京，聖上見她才貌雙全，下旨將她許婚給八王爺。皇室生活雖說尊貴無比，但侯門一入深似海，至親相隔千里，難得一見，不免令人感傷。誰知世事無常，數年前太原洪水成災，肆虐萬里，家人全失了音訊，如今不知是生是死。

狄王妃說著，忍不住落下淚來，少年見母親哭泣，趕緊上前安慰：「母妃請勿傷心，孩兒卻以為沒有消息倒是好消息呢！母妃洪福齊天，相信舅舅一家也是吉人天相。我們只要下令各級官員仔細查訪，相信有朝一日會有喜訊傳來。」

少年的勸慰之語雖然尋常，但他那篤定的語氣，令狄王妃聽了之後格外安心。看著少年堅定的眼神，她心神微動，伸手輕撫他的頭，微笑的說：「但願如你所說，親人都平安無事才好。」

說話間，丫鬟已將兩位殿下的衣物取來，兩個孩子退到內室更衣。看著兩人打打鬧鬧，天真無邪的模樣，狄王妃不禁一嘆。時間過得這樣快，轉眼已經十年了，兩個孩子雖然年紀尚幼，但舉止間已有皇家風範，尤其是長子趙禎，那天生的威儀就不是弟弟趙璧所能比擬。

趙禎換好衣服走出來，狄王妃看著他那龍行虎步的姿態，幾乎讓她錯以為自己見到了當今天子，那個當年她入京時，在金殿上拜見過的青年帝王。

恍惚間，狄王妃的思緒悠悠飄回了十年前的那個夜晚……。

那時她才嫁進王府沒多久，王爺與她雖然年紀有段差距，但待她卻極其溫柔體貼。夫妻倆新婚燕爾，稍稍沖淡了她的思鄉之情。沉醉在幸福生活中的她，完全沒想到宮廷內隱藏著巨大的凶險。

那天夜裡，她在房中為王爺縫製披風，忽見王爺神色慌張的跑進房裡，斥退所有侍者。狄王妃從不曾見過王爺這般驚慌的模樣，心中不免隱隱不安。畢竟八王爺與聖上手足情深，在朝中可說是一人之下，萬人之上，哪會有什麼為難之事？

狄王妃放下針線，走到王爺身邊，正想開口詢問，王爺懷中竟傳出一陣嬰兒啼哭聲。她大吃一驚，然而，王爺的舉止更大出她的意料之外。

只見王爺急切的用長袖蓋上懷中的嬰兒，並以眼神示意狄王妃走入內室，將懷中的嬰孩交給她，吩咐她哄著孩子，隨即往門外、窗外逐一張望，神情非常慌張，又將門戶關得密密實實後，才返回內室。

萬花樓演義

狄王妃實在疑惑，一面哄著懷中的嬰孩，忍不住輕聲詢問：「王爺，何事如此驚惶？」

　　八王爺心知此事不可能瞞著狄王妃，他嘆了口氣，說：「妳可知這襁褓中的嬰孩是何來歷？」

　　「我原本以為是王爺外頭的姬妾所生，但從王爺的舉止看來，卻又不像。」狄王妃冰雪聰明，此時雖然已感覺到事情並不單純，卻也不敢妄加猜測。

　　八王爺心緒煩亂，又嘆了口氣，低聲的說：「這是聖上的皇子，是碧雲宮李宸妃娘娘所生。」

　　狄王妃一聽，嚇得倒抽一口冷氣，抖著聲音問：「既是聖上龍種，為何不在宸妃娘娘身邊安養，卻送到王爺手中？」

　　「是內侍陳琳將嬰孩藏在盒中，從宮裡偷偷送出來的。」八王爺此時心亂如麻，也不知如何是好，便將陳琳所說的，詳細向狄王妃說明。正說著，卻聽見院裡騷動連連，驚得兩人一身冷汗，面面相覷。八王爺心想：「此時聖上御駕親征遼國，不在朝中，莫非宮中奸佞得了消息，一不作、二不休，竟是要斬草除根？」

　　正慌亂間，家丁倉惶跑到內室門口報告：「王爺，宮裡傳來消息，說是宮中發生大火。」

八王爺一聽，回頭低聲對狄王妃說：「恐怕是碧雲宮失火。」他吩咐狄王妃留在內室看著孩子，自己隨即開門，大聲問：「宮裡何處失火？」

「回王爺，是碧雲宮大火，宮內眾人都來不及逃出。」

「知道了，你們都到前廳去，別驚擾了王妃。」八王爺見事情果然如他所料，當下將家丁遣退。他胸有成竹，一派泰然自若的回到房中。狄王妃見八王爺氣度沉穩，想必已經想到應對的方法，便稍稍放下心來。

八王爺對狄王妃說：「如今聖上不在朝中，宸妃娘娘又命喪火窟，宮中以皇后為尊，此事若是洩漏出去，皇子定然無法倖存，就連妳我二人也難逃大禍。現在唯一的辦法，只能將皇子當作王子，等待聖上回朝之後，再奏請聖上定奪。」

狄王妃雙眉微皺，憂心的說：「只是時機如此湊巧，宮內失了皇子，咱們王府便多了一個孩子，難道皇后不會起疑嗎？」

八王爺神情特異的對她一笑，隨即裝出憂慮的表情，輕輕拍撫她的肩膀，低聲

安慰：「好一場大火，嚇得妳都早產了。」

　　狄王妃明白王爺的意思，可是她還是擔憂不已：
「王爺此計雖妙，但府中耳目眾多，我未曾懷孕，只
怕瞞不過皇后吧？若是……」

　　「妳無須憂慮，府裡雖然人多，但這等私密之事，
卻也未必都能知曉，就算心中猜疑，又有誰敢多言惹
禍？至於皇后，就算她真有疑心，只怕對本王也有幾
分忌憚，若是她真膽大包天，敢到太歲頭上動土，哼！
那就讓她知道，本王可也不是好惹的！」

　　於是，就在碧雲宮大火燒得京城紅光滿天的夜裡，
八王妃受驚早產的消息傳遍朝野。起初，狄王妃日夜
擔心害怕，唯恐皇后得知真相，會以陰謀加害他們，
但宮中全無動靜，久而久之，她總算漸漸安下了心，
告訴自己，只要等到聖上回朝，一切便可真相大白。

　　狄王妃暗暗嘆了口氣，這個祕密像塊大石一般壓
在她心底已有十年之久，
偏偏在這事懸而未決的
情況下，家人生死未卜
又像另一塊大石那樣壓
上心來。看著眼前的趙

禎，她不禁想到哥哥的兒子狄青大約也是這個年紀了：
「不知道他是不是跟哥哥小時候一樣俊秀聰明，或者
是青出於藍，更勝於藍呢？還有哥哥那個可愛的女兒，
如今想必也是亭亭玉立了吧？」

狄王妃閉上雙眼，兩行清淚無聲的滑下，心中默
默祝禱，期許家人平安無事。趙禎見母親思親落淚，
不知如何勸慰，只好與弟弟趙璧呆立在一旁。此時，
丫鬟通報八王爺回府，兄弟倆好開心，連忙跑到門外
恭迎。狄王妃擦乾眼淚，正準備起身迎接時，門外突
然傳來兩個兒子與家丁們惶急的叫喚聲。

「父王，父王！」

「王爺，王爺！」

狄王妃急忙出門探究情況，只見八王爺倒在地上，
昏迷不醒。眾人當下一陣忙亂，趕緊將八王爺抬上床，
趕緊找太醫來醫治，趕緊抓藥、煎藥……。

所有人都沒想到，八王爺這一病，竟然就此離世，
狄王妃更是惶然無計，不知如何是好。她只知道，這
塊大石今後只有她一個人背著了，沒有人能替她分擔，
也再沒有人可以商量了。

三年後，聖上回朝，當時皇后權勢熏天，八王爺
既死，狄王妃哪敢將宮廷內鬥的祕密向聖上稟告。但

也許是冥冥中自有定數，聖上回朝之後，竟與趙禎極為投緣。後來聖上想到自己年事已高，卻沒有兒子可以繼承皇位，便冊封趙禎為太子，又讓趙璧承襲父爵，晉封為潞花王。

又過了一年，聖上駕崩，同年，趙禎即位為宋仁宗；狄王妃被尊為皇太后，居住在南清宮中，尊榮無比。只是她心中的那兩塊大石，卻依舊沉甸甸的壓在心頭，不知何時可解……。

一第一章 下 山

　　一道銀光挾帶著疾風，颼得林內的松針簌簌落下，兵刃交擊之聲鏗鏘連響，驚破深山野嶺一向的幽靜。翁鬱的樹林中，忽有一道身影急竄而出，只見這人手持長劍，一身僮僕打扮，但身手輕盈，敏捷無比。哪知他腳步雖快，他身後那名少年的身形更快，一眨眼便已橫阻在他身前，長劍迅速擊出，噹噹噹連攻數招。

　　那僮僕打扮的少年被這一輪急攻打得只能防守，口裡直叫：「師兄，師父喚我來叫你，可不是讓我來和你過招的，你的劍法我招架不了，快快停手啊！」

　　只見少年長劍一挑，意態瀟灑的說：「師弟，你有進步啦！現在已接得了我五招，再勤加苦練下去，遲早招架得了的。」

　　「師兄是武學奇才，我只怕一輩子望塵莫及。」僮僕打扮的少年催促著：「師兄，別說這些了，師父找你呢，你快點過去吧！」

　　少年收起長劍，身形一晃，只一眨眼，已來到師

父王禪的居所。他向王禪恭敬行禮，問：「不知師父呼喚，有何吩咐？」

「你入山至今已七年多，如今習藝有成，加上災難已退，現在可以下山去了。」

少年聽了先是高興，但隨即想起師恩深重，無以為報，不禁跪倒在地，聲淚俱下的說：「當日弟子身遭水難，與親人離散，幸蒙師父救助，悉心教養，師恩未報，怎能下山？」

原來這少年便是狄王妃念念不忘的親姪兒狄青，當日太原洪水成災，他與母親、姐姐在水患中失散，幸得王禪施以仙術將他從大水中救出，否則只怕狄青年紀小小就要葬身魚腹了。七年來，狄青跟在王禪身邊，勤練武藝，人雖生得秀氣文弱，但悟性極高，幾年下來，已盡得王禪真傳。如今王禪忽然要他下山，他一時之間不知如何是好，滿腔依依不捨的心意，令他不禁真情流露。

王禪見狄青哭得涕淚縱橫，心中感動，扶他起身後，溫和的看著他，撫鬚笑著說：「傻徒兒，你只要做個堂堂正正的大丈夫，那便是報了師恩啦！更何況，你這七年來盡心學藝，難道不想報效國家嗎？還有，你自幼與親人離散，如今就不想親人團聚嗎？」

狄青聽這話語帶玄機，連忙問：「弟子與親人還有相見之日嗎？」

「你此次下山，往京城前去，自能遇到親人，日後時機成熟，必能一家團聚。」

狄青搔搔頭，心想他的故鄉在太原，為何師父說他進京去便能遇到親人呢？但師父一向神機妙算，如此吩咐，必有深意，只是……

「師父，此處到京城路途遙遠，弟子……呃……」狄青一臉不好意思的表情。

王禪撫鬚微笑的說：「呵呵，旅費是小事，師父賜你子母錢一個，這子母錢每日會生出一百錢來，夠你用了。」說話間，王禪拂塵一揮，金光閃爍，狄青手中立刻多了子母錢。狄青謝過王禪，將它收入衣囊。

「那麼，你收拾收拾，趕緊下山去吧！」

狄青點點頭，簡單收拾行囊後，向王禪恭恭敬敬的磕頭拜別。他淚眼汪汪的望著王禪，心頭雖有千言萬語，卻不知從何說起，最後只是哽咽的說：「弟子叩別師父，師父千萬保重。」

「好了，去吧！」王禪袍袖一揮，忽然間一陣大

風吹起，逼得狄青睜不開雙眼，只聽到耳邊呼呼連響，人已飄在半空中，過了不久，風聲漸減，狄青只覺自己身子緩緩而下，張眼一看，竟已來到平街大道，只見人潮洶湧，市井繁華，哪裡還有半點山林景象。

狄青心知是王禪暗施妙術，省了他一番勞頓之苦。他看天色將晚，想找個旅店歇宿，一摸衣囊，果然囊中已有一百文錢，恰好夠他找個乾淨的旅店吃住一晚。

如此趕路數日，不久就來到京城。皇城氣象果然不凡，人潮洶湧，房鋪稠密，熱鬧非凡。狄青第一次來到如此繁華的地方，只覺眼中所見樣樣新鮮，都想去見識一番。忽然間，肚子裡一陣咕嚕聲傳出，這才發現自己早已飢腸轆轆，尤其此時京城中的酒樓飯館，飄出陣陣佳餚美饌的誘人香味，即便是路邊小吃，看來也是無比可口，引得狄青食指大動。

狄青正想進飯館用餐，隨手摸摸衣囊，不禁一愣，衣囊中除了一枚子母錢外，竟無別物。他大吃一驚，連忙翻出衣囊，裡裡外外找遍了，就是不見每天應該生出的一百文錢。

狄青將子母錢拿在手中，心頭暗暗發愁。這時，子母錢像是有了生命似的，突然抖動起來，竟從他手中掙脫，落在地上往前滾。狄青大吃一驚，連忙邁開

萬花樓演義

步伐追過去。誰知子母錢越滾越快，憑狄青的身手居然追不上它。子母錢就這麼一路滾落汴河中，消失不見了。

　　狄青看著橋下滾滾的流水，只覺心裡空蕩蕩的，一時之間不知該作何反應。他恨恨的瞪著江水生氣，心想自己的生辰八字一定和水相剋，才會幼時慘遭水難，如今子母錢又被河水吞沒。天下之水果然共出一源，不管哪裡的水都要跟他作對。

　　也不知他在橋邊站了多久，忽然間聽見有人說：「這位小哥，瞧你年紀輕輕，又生得一表人才，千萬別做傻事啊！」

　　狄青回頭一看，原來是個鬚髮皆白的老丈，他向老丈行了個禮，無奈的說：「我不是要尋短見，只是旅費落入河中，一時間無所適從，才瞪著河面發呆。有勞老丈關心了。」

　　「我瞧你不是本地人，上京來幹什麼的？」

　　「我是來尋親的，豈知親人尚未尋到，卻先弄丟旅費，因此發愁。」狄青說著，忍不住嘆了

口氣。

「小小少年，動輒嘆氣，有損福壽。弄丟旅費有什麼了不起，居然這樣就嘆氣嘆個不停，日後遇上大事，又該如何？」老丈搖搖頭，老氣橫秋的數落著。

狄青長到十六歲，初次下山，第一次為了生活瑣事而苦惱，聽了老丈的一番話，不禁暗自反省，恭敬的說：「老丈說的是。」

老丈見他受教，心下歡喜，拉著他說：「我瞧你是個聰明人，這才對你囉唆，若你是個蠢漢哪，我可不來理會你！既然你說要尋親，我就指點你一條明路，從這裡向前直直走去，有間相國寺，十分靈驗，你到那裡抽支靈籤，就知道該怎麼做了。」

「多謝老丈指點。」狄青開心的向老丈道謝，依著他的指示往前走，走了幾步，才想起忘記請教老丈姓名，一回頭，哪裡還有老丈的蹤影？只聞到一股異香，那氣味竟與師父平日焚香的味道相同。狄青心想一定是師父擔心他，所以前來指點，鼻頭一酸，趕緊加快腳步往相國寺走去。

來到相國寺，祭拜之人絡繹不絕，香火鼎盛。狄青虔敬祝禱之後，求得一籤，只見上頭寫著：

古樹連年花未開，至今長出嫩枝來。

月缺月圓周復始，原人何必費疑駭。

　　狄青不明白籤詩的涵義，只好請寺中僧人幫他解籤。那僧人接過籤，對著狄青上上下下打量一番之後才問：「施主問的是什麼事？」

　　「我來京尋親，不知與親人可有相會之日？」

　　那僧人提筆在籤詩旁畫來畫去，好一會兒才說：「依這籤詩看來，施主所要尋訪的，應當是分離已久的親人，若說要見嘛，是見得著，只是還得一個月的時間，等待下次月圓之日，也就是中秋佳節，便可相會了。」

　　狄青聽了大喜，向僧人連連道謝，轉身便要離開。那僧人一愣，上前拉住他，問：「嘿！怎麼就這樣走啦？」

　　「怎麼？」狄青不解的看著僧人。那僧人見他是個外地人，只好捺下性子向他解釋：「施主請人解籤，總該留下解籤費啊！」

　　「這……」狄青聽了，覺得很不好意思，無奈的說：「這位師父，我是外地人，尋親未遇，又丟失了旅費，走投無路才來廟中卜問訊息。還請師父行個方便，

讓我以後再償還這筆費用吧！」

　　誰知這僧人是個勢利鬼，聽見<u>狄青</u>沒錢，竟一把搶下他的行囊，生氣的說：「這還了得，求神問卜的錢哪能隨便賒欠？你既勞動我為你解籤，若是拿不出錢來，就拿這行囊抵押！」說完轉身便走。

　　<u>狄青</u>第一次遇見如此勢利蠻橫的惡和尚，不禁動了怒，右掌出手如電，扣住那僧人肩膀，口中大喝：「還我行囊！」<u>狄青</u>還未施力，那僧人已疼得哇哇大叫，冷汗直冒。

　　兩人正在僵持之際，忽然有個豪爽低沉的聲音說：「這和尚果然勢利可惡，但此處畢竟是佛門淨地，這位兄弟，看在我們兩個的面子上，還請放他一馬吧！」

　　<u>狄青</u>抬眼一看，只見兩個大漢迎面走來，一個紅臉，一個黑臉，均生得高大威武。他原本就無意鬧事，只是想拿回自己的行囊，聽到二人說情，便順勢放開僧人，怒喝：「身為出家人卻如此勢利蠻橫，若非兩位兄弟勸解，今日必不饒你！」

那僧人逃難似的連忙躲入寺中，三人見他倉惶逃竄，不禁相視大笑。彼此自我介紹後，<u>狄青</u>才知那紅臉大漢名喚<u>張忠</u>，黑臉的叫<u>李義</u>，兩人是結拜兄弟，都有一身好武藝，雖有心投效國家，卻苦於無人引薦。現在兩人都在京城做些布匹的買賣，生活倒也富裕。

三人找了個酒館，由<u>張</u>、<u>李</u>兩人作東，把酒言歡，談得十分投機。說話間，兩人聽說<u>狄青</u>是<u>太原</u>總兵<u>狄廣</u>之後，對他相當敬重。三人越談越歡暢，不禁動了義結金蘭之意。雖然<u>狄青</u>最年幼，但<u>張</u>、<u>李</u>二人敬他是忠義之後，一定要他當大哥，<u>狄青</u>無法推辭，因此三人結拜，反而以<u>狄青</u>為大哥，<u>張忠</u>居次，<u>李義</u>第三。

「我們三人這樣看來，倒像<u>劉</u>、<u>關</u>、<u>張桃園</u>三結義，只是小弟年幼貧賤，卻稱大哥，實在說不過去啊！」

<u>李義</u>揮揮手，大聲說：「大哥若再自稱小弟，那就是瞧不起我們兄弟倆了，何況我們既然已結拜，那便親如一家，還分什麼彼此！」

「是啊！三弟說的對，大哥還是把這謙遜收起，不然就是不給我們面子了！」

<u>狄青</u>見兩人都是爽直的漢子，便不再推辭，笑著說：「是是是，兩位兄弟，我罰酒一杯。」<u>張忠</u>、<u>李義</u>

也都笑著將酒一飲而盡。

　　張忠執壺斟酒，說：「大哥剛到京城，肯定未曾四處遊覽，不如由我們帶您四處走走如何？」

　　「那實在是太棒了！」狄青開心的答應。

　　當天三人痛飲至深夜才睡，之後一連數日，便在京城中四處遊逛。狄青在張忠、李義的陪伴下，對繁華的京城越來越熟悉。雖然還沒有尋找到親人，但是有知己相伴，狄青的日子過得萬分歡暢。

萬花樓演義

第二章　災　殃

　　狄青自幼久居深山，不曾見過如此富庶繁華的景象，覺得皇城處處讓他大開眼界，再聽張忠、李義跟他說些地方故事、風土人情，更覺獲益良多。一日，三人來到城郊互相比武較量，沒想到狄青年紀幼小、相貌文弱，但是勇力過人，武藝十分精湛，張忠、李義兩人對他非常敬佩。張忠抹去臉上的汗水，笑著對狄青說：「大哥武藝高超，日後報效國家，在戰場上殺敵立功，必定能光耀門楣。」

　　狄青甩去手上的水珠，微微一笑，說：「將來的事誰說得準呢？」

　　李義脫下外衣，摸摸肚子，傻笑著說：「將來的事說不準，但比試了老半天，這會兒肚子有些空卻是準的！二位哥哥，我們還是先找個酒樓吃些東西吧！」

　　狄青與張忠相視一笑，說：「三弟說的話倒是十分有理！」

　　三人說說笑笑間已來到城中，看見前方一座高樓，

裝飾得十分典雅，樓中還飄來一陣陣的酒香。三人都是好酒之人，一聞到這濃郁的酒香，哪裡還忍得住，立刻往酒樓走去。進到酒樓，樓內已有幾桌客人。狄青環視酒樓內部，想找個幽靜的角落大吃一頓，轉眼瞥見酒樓後方有一座小樓，雕梁畫棟，非常精巧，加上芳香花氣撲鼻而來，便喚來酒保，吩咐他在小樓上整理個好座位出來。

酒保聽見三人想上後方小樓飲酒，面露難色，說：「三位客官在這裡飲酒就好了吧，小的幫你們整理個乾淨舒服的地方！」

李義搖搖頭說：「這裡人太多啦，我們可不坐，我們要到那座樓上喝酒，你快去準備準備！」

「這……」

狄青見酒保一臉為難，便問：「怎麼？那座樓我們坐不得嗎？你倒說說看，若真坐不得，我們也不會為難你。」

酒保聽了狄青的話，先小心翼翼的左顧右盼一番，才湊近三人，低聲的說：「三位客官不知道。後面那座小樓是本省高官胡坤大人的公子胡倫所建，那胡公子非常凶惡，他把我們酒樓後面的居民通通趕走，強占了他們的土地，硬是蓋了這座樓，在裡頭栽種各式各

樣的奇花異草，擺放各種稀奇的古玩書畫，還給這樓取了個名字叫『萬花樓』。」

張忠聽了這話，有些不信的說：「他既是官家公子，豈有如此凶蠻的？」

「客官，你不知道！」

酒保帶點不屑的冷笑，說：「客官雖不是本地人，也該知道朝中權勢熏天的龐洪龐太師吧？這胡大人和那龐太師的女婿孫秀算是同黨，有了他們兩個人作靠山，那胡大人氣焰滔天，人人害怕，又有誰敢去招惹他？他的公子每日帶著十幾個家丁，四處鬥雞走狗，要是有人不小心觸犯到他，只要他一聲令下，隨隨便便就把人殺了，有冤也沒處申訴的。這萬花樓就是他蓋來飲酒取樂的，當時他就說了，不論軍民，要是有人膽敢私上此樓，就立刻抓來打死。所以我勸客官們打消上樓的主意吧，只怕惹禍上身呢！」

三人聽了胡倫的惡行，一時義憤填膺，狄青怒喝一聲，右掌不覺在桌上重重一拍，一張花梨木桌馬上碎裂。他氣憤的說：「這胡倫如此凶惡，天理不容，難道我們還怕他不成？我偏要上這萬花樓坐一坐，看他

能對我怎麼樣！」

　　張忠、李義聽了狄青這話都感痛快，三人邁起大步就要往後方小樓走去，那酒保嚇得魂飛魄散，雙腿一軟，跪倒在狄青身旁，苦苦哀求：「客官哪，你們可千萬別上樓啊！你們這一上樓，小的可就沒命了，那日胡公子曾說，若是誰私自放了人上樓，就要抓去重打一百棍，小的可禁受不起啊！」

　　張忠扶起酒保，塞了十兩銀子到他手中，笑著說：「你不用擔心，要是等會兒那胡公子來了，你就說是我們硬闖的，有什麼事我們給你擔下，絕對不會連累你，你只要把好酒好菜送上來就對了！」

　　說著把酒保往後一推，三人硬是上了樓。上樓後，只見青松翠柏，綠意森森，秋花滿目，處處飄香，還隱約聽見水流潺潺，非常富有詩意。張忠、李義雖是粗魯漢子，卻也覺得這萬花樓清幽雅致。三人正在欣賞美景時，酒保苦著一張臉送上酒菜。

　　幾罈美酒送來之後，三人便在樓上開懷大飲，天上地下，無所不談。店內眾人個個發愁，只求胡倫千萬不要在這個時候來，誰知在狄青三人上樓之後，早已有人偷偷去向胡倫告密。胡倫一聽大怒，帶了家丁便怒氣沖沖的向酒樓而來，酒樓中其他客人見情勢不

萬花樓演義

對，紛紛閃避。

　　胡府家丁一進到酒樓，便像凶神惡煞的大喝：「是哪個人敢登樓吃酒？」店家早已嚇得渾身發軟，撲通跪倒在地，不停求饒，用發顫的手指著樓上。

　　十幾個家丁衝上小樓，對著樓中三人大喝：「你們三個不要性命了嗎？敢在這裡喝酒，還不快滾！」

　　狄青三人見胡府家丁上樓，也不驚懼。張忠說：「酒樓開門就是要讓人上門吃喝，哪有什麼敢不敢的？」

　　胡府家丁怒罵：「不知死活的傢伙！我們家公子現在就在樓下，識相的就趕快下樓向他磕頭賠罪，或許還可饒了你們的狗命。」說著，衝上前來就要將桌子掀翻。

　　李義一伸手，扣住那名家丁的手腕，微微施力，那名家丁便痛得大聲慘叫，臉色發白。李義大掌向前一送，把那名家丁摜倒在雕花木門上，大喝：「放屁！胡倫是個什麼東西，也敢來打擾我們兄弟喝酒，還不快叫他上來磕頭賠罪！」

胡府家丁摀著頭，說：「眾兄弟，上！給我好好教訓這三個不知好歹的傢伙。」胡府眾家丁一擁而上，掄起拳頭就打。只見李義飛起連環腿，一口氣踢倒四個家丁；張忠雙手一擋一揮，四、五個家丁飛撞在一起，昏死過去。其餘數人見張、李二人神威凜凜，一時不敢上前，又看狄青斯文俊秀，以為他比較好欺負，便飛撲而上，狄青冷冷一笑，一口喝盡碗中醇酒，身不動、手不抬，手中酒碗往胡府家丁方向一丟，酒碗夾帶著他深厚的內力，在眾家丁身上接連一撞，眾家丁立即呈放射狀摔出，一時之間，酒樓上哀嚎聲此起彼落。

胡倫站在樓下，聽見樓上碰撞之聲不絕於耳，心想自家家丁正在狠狠教訓狂徒，因此志得意滿的站在樓梯口。豈知沒過多久，幾個家丁紛紛從樓上摔出，形貌狼狽不堪。

狄青三人從樓上廂房走出，胡倫臉色大變，大聲怒喝：「大膽畜生，在本公子面前還敢放肆！」

狄青見這人身形猥瑣，氣焰囂張，又口出汙言穢語，不禁動了氣，喝了聲：「胡倫，你還敢猖獗！」他身形一閃，轉眼已將胡倫抓到樓上，像拎小雞一樣的

拎在半空。然而胡倫還不知道自己已大禍臨頭，口中依然不停的叫罵著。

胡府家丁見胡倫被抓，一時不敢上樓，只敢在樓下叫罵：「大膽賊子，還不快放下我家公子！等我家老爺來了，肯定將你碎屍萬段！」

「狗奴才，放下便放下，接住了！」狄青笑著將胡倫一拋，與張忠、李義一同哈哈大笑，便轉身回到廂房飲酒。

七、八名家丁見胡倫被狄青一拋，連忙上前來扶，豈知狄青神力過人，眾家丁竟扶不住，胡倫就這麼骨碌碌的滾下樓梯，當場頸折骨斷，氣絕身亡。

狄青三人不知胡倫已死，還在樓上開懷大飲，忽然又有一群家丁衝上樓來要捉拿凶手，三人二話不說，一陣拳打腳踢，把他們打得暈頭轉向，紛紛滾下樓去。店主嚇得魂不守舍，硬著頭皮上樓來，對著狄青三人跪下，苦苦哀求：「三位英雄別再打了，再打下去，我這條狗命只怕不保了！」

李義聽了店主的話，哈哈大笑：「我們又不是打你，你的命好好的，怎麼會不保呢？」

店主苦著一張臉，唉聲嘆氣的說：「哎喲！三位英雄把我一拳打死倒也省事，偏偏這會兒打死的卻是胡

公子，他家的權勢凶狠，這下還不知道小店會有什麼慘禍呢？」

「胡倫死了？」

「是啊！摔得筋骨斷折、頭破血流，哪裡還有活路？如今事情出在小店，胡大人勢必要拿我抵命，我的狗命豈不是害在你們手裡了嗎？」

狄青原只是想教訓胡倫這個惡霸，不料竟打死了他，而今又害店主惶懼不已，便說：「店主不必著慌，我一人做事一人當，絕不會害你受到連累。我在這裡等胡大人前來，瞧他要怎麼樣，由我負責便是。」

雖然聽見狄青如此說，店主心裡仍是害怕，畢竟三人武功高強，若是當真要逃，又有誰攔得住，到時還不是要他抵命嗎？張忠是走慣江湖的，見店主不說話，知他心意，便說：「我們三兄弟乃是頂天立地的英雄好漢，絕不會逃走，你大可放心，我們便在此喝酒，等會兒官府來拿人，儘管要他們上來。」店主只好點頭離去，心裡還是擔心三人逃脫，三不五時派人送上酒菜，以確定三人仍在樓上。

不久，胡坤知道兒子已死的消息，立刻帶人去捉拿凶手。事有湊巧，開封府尹包拯代天巡狩，正好從此經過。包拯是個鐵面無私的清官，百姓都非常推崇

他，私下都稱呼他為「包青天」。他早知胡倫仗勢欺人，四處迫害良民，如今聽到他的死訊，心裡覺得他是罪有應得。

包拯見胡坤捉了三人正要回府，立刻派張龍、趙虎向前擋下。胡坤對包拯十分畏懼，但殺子凶手已經在自己手中，豈能讓包拯壞事？如今包拯出手干預，他怒從心起，大喝：「包大人，本官捉拿殺人要犯，你為何從中阻攔？莫非是要徇私護短嗎？」

「胡大人這話從何說起？本官與這三人素不相識，怎能叫做徇私護短呢？倒是胡大人之子乃是此案關係人，若要審理此案，胡大人正該避嫌以示公正，何以親自捉拿人犯？難道不怕人言可畏，說大人您『徇私護短』嗎？」

胡坤被包拯問得無話可說，只得咬牙回答：「本官正要將這三人拿到縣府衙門，交由知縣審問。」

「此處乃是開封府管轄區域，這三名人犯就交由本官處置，不敢勞煩胡大人了。」包拯一揮手，張龍、趙虎等人便將三名人犯押過來。

包拯對胡坤拱手行禮，微笑著說：「胡大人請放寬心，本官必當秉公處理，還請在場關係人士到開封府衙門走一遭吧！胡大人您當時既不在場，就請回吧！」

胡坤氣得七竅生煙，卻也只能眼睜睜看著包拯將狄青三人押走。

包拯回到府衙，詢問當時在酒樓的百姓，知道了胡倫仗勢欺人、興建萬花樓的惡行，以及三人登樓喝酒與胡倫發生爭執的經過，最後才審問狄青三人。沒想到這三人義氣深重，竟都搶著自認殺人，說另外兩人是無辜的。包拯見三人都是好漢，雖然不小心讓胡倫跌死，但終究不是蓄意殺人的惡徒，何況胡倫平日作惡多端，如今一死，猶如大害被除，京中百姓沒有不拍手喝采的。

包拯細細尋思，決意從輕發落，便說：「胡家人多勢眾，聚眾滋事、擾亂京城，胡倫跌落致死，確實是雙方鬥毆所致，犯嫌張忠、李義誤傷人命，將兩人暫禁獄中，等候發落。狄青弱不禁風，顯然不是滋事之人，當庭釋放，退堂！」

聽了結果，胡府家丁不禁叫嚷：「包大人，那狄青分明就是殺人凶手，怎麼可以釋放！」

包拯一聽，驚堂木一拍，大喝：「放肆！公堂之上，哪裡容許你如此喧譁！你家公

子滋擾地方，身為家丁不能勸諫，本府還沒跟你追究，你居然還敢在此汙衊他人，這狄青分明是個書生，怎麼可能殺人！再敢多言，本府刑棍伺候！」說罷下令退堂，並喝命差役趕散眾人。

　　狄青被趕出府衙，感到非常疑惑，心中尋思包拯的話，他分明有意袒護自己，難道包拯與狄家有交情？張忠、李義兩兄弟被拘入獄，不知道將來會怎樣？還在思慮的時候，看見衙役押出張、李二人，狄青連忙走上前去，說：「打死胡倫，我原是凶手，如今包大人卻將我開釋，拘捕你們入獄，叫我如何心安？」

　　張忠搖搖頭，安慰狄青：「大哥別擔心，那胡倫死有餘辜，包大人心裡明白。將我們下獄，只是為了對胡家有交代，我倆不會有事的。大哥，你先去找我們商行的執事周成，他會幫你打理一切生活所需。」

　　狄青聽了張忠的話，還是感到不安，但是衙役已經在催促，三人也只好匆匆道別。一路上，民眾都為了不用再擔心受怕而歡喜，狄青看見這景象，心裡才比較放心，便依照張忠的指示離去。

　　在周成照應之下，狄青住宿飲食一應無缺，只是日日擔憂兩位兄弟的境況，因此經常託周成前去探視。所幸兩人雖然身在獄中，但也未曾受刑，只是不自由、

感到無聊罷了。

這日周成去探監回來，笑著對狄青說：「狄公子，恭喜，恭喜！」

狄青感到疑惑，問：「何喜之有？莫非是兩位兄弟要被釋放了？」

「不是的。是小的剛才探監回來，遇到同鄉好友，名叫林貴，他現在擔任武官的職務，我想公子少年英雄，一身好武藝，若是能受到林貴的引薦，公子豈不是也有個出路？」

狄青覺得周成的話很有道理，便隨著周成去拜會林貴。一番寒暄之後，林貴斜眼打量狄青，見他生得白白淨淨，文文弱弱，哪裡像身負高深武藝之人？他心裡如此想著，臉上不禁現出輕視之色。

周成趕緊上前陪笑，說：「林兄別看他生得文弱，便小看了他，其實他武藝高強，十分出眾。」

林貴斜挑右眉，淡淡的說：「既然如此，演練幾招來瞧瞧。」

狄青說：「老爺，晚輩放肆了！」只見他刀、槍、劍、戟各種兵器，一一演練。一時教場之上陣陣銀光閃爍，刀花槍林，不見人形；一會兒氣勢奔騰，虎虎生風，宛若天上神人。眾士卒無不連聲喝采，佩服不

萬花樓演義

已，林貴更是張口結舌，暗罵自己不能識人。

等到狄青演武結束，林貴一改高傲態度，謙遜的說：「狄兄弟果然好身手，是我沒有眼力，小看了英雄，恕罪、恕罪！不知狄兄弟一身武藝，是何人所傳授？」

狄青拱手行禮，微笑著回答：「先父曾任總兵之職，這三招兩式不過是家傳武藝罷了。」

林貴拍拍狄青肩膀，笑著說：「原來是將門之後，失敬、失敬。狄兄弟如此了得，在我麾下做個小兵，實在是大材小用。只是我官卑職小，現階段只能讓你當個小兵。不過狄兄弟人才出眾，武藝精強，日後飛黃騰達是早晚的事，所謂『英雄不怕出身低』，就請狄兄弟在這裡暫且委屈一陣子了。」

第三章 陷　害

　　狄青進到林貴營中，每日隨軍操練。但是武藝高超又胸懷大志的他，混跡在小兵隊中，練些基礎的拳腳工夫，就像龍困淺灘，施展不開，不由得感到懷才不遇。

　　轉眼七月即將結束，這時前線傳來消息，說西夏進犯，鎮守西疆的楊宗保元帥向聖上請求支援，聖上命令兵部大人孫秀操練兵馬、挑選能將，近期發兵援助楊宗保，因此軍營上下為了此事，連日繁忙不已。

　　狄青覺得這是個表現的好機會，可是自己是新兵，恐怕很難被拔擢。他眼角餘光瞥見桌上的筆墨，靈機一動，想藉著題詩在壁，吸引孫秀的注意，到時便可在人前顯露身手，蒙大人重用。於是就在牆上寫著：

　　　　玉藏蠻石少人知，如逢識者見稀奇。
　　　　有日琢磨成大器，惟期卞氏獻丹墀。

寫完後，狄青便開心的回房歇息去了。

隔天，孫秀一進入教場，便注意到正對主位的粉牆上有數行墨跡。孫秀派親兵前去察看，親兵回報粉牆上墨跡乃是一首詩，詩末題名為山西太原狄青。

「狄青……？」孫秀乍聽之下，只覺這名字十分耳熟，仔細一想，才想到前不久殺死胡倫的人也叫狄青。當時包拯將狄青釋放，胡坤曾怒氣沖沖的跑來找過他，請他出面向包拯要人，誰知包拯反而責備了他一頓。

「眼前這個題詩之人也叫狄青，也是山西太原人，難道是同一個人？」孫秀心下揣測，臉上卻不動聲色，只說：「這題詩之人好大的口氣，自比為一塊寶玉，不知本人是否有真才實學，你們可要細心查訪，千萬不要錯失了人才。」

孫秀話一說完，就有一名總兵出列稟報，說林貴營中新進一名小兵，就叫狄青，祖籍在山西太原。孫秀立刻派人傳喚，要林貴帶著狄青前來拜見。

孫秀看狄青跪在眼前，心下暗自盤算，臉色卻故作平靜，先是不輕不重的問了他幾句話，接著狀似不經意的問：「本官聽說有個叫狄青的人，打死了胡坤的公子胡倫，這個狄青可就是你？」

狄青心胸坦蕩，立刻回答：「回稟大人，當時一時失誤傷了人，實非本意。」

「很好、很好！」孫秀面露笑意，心裡喜不自勝，沒想到被包拯放脫的狄青，居然自己送上門來。孫秀忽然攏起雙眉，大聲一喝：「左右，拿下了！」

事發突然，教場上所有人都不禁失色，狄青更是連呼冤枉，孫秀冷笑一聲，說：「大膽奴才！你無視上官，竟敢在牆上題詩，分明是欺辱本官！來人哪，將他押出去，斬首示眾！」

這道命令一下，在場所有兵將料想狄青必定曾經冒犯了孫秀，否則即便在牆上題詩犯了軍法，罪也不致死。但孫秀位高權重，眾人雖知狄青冤枉，卻沒人敢為他求情。

眼看狄青性命即將不保，營外忽報五位王爺前來閱兵，孫秀便叫刀斧手先將狄青押下，揮手喝令眾人準備接駕。林貴見機不可失，悄悄的走到狄青身旁，在他耳邊輕聲吩咐，狄青暗暗點頭。

等到五位王爺魚貫進到教場時，林貴往狄青肩上一拍，狄青便高聲大呼冤枉。孫秀聽見呼叫聲，趕緊連作手勢，讓刀斧手快將狄青押到帳後。誰知五位王爺已經聽到呼叫聲，潞花王趙璧年輕好事，眉頭一皺，

率先詢問：「什麼人喊冤？帶他上前。」

　　孫秀無奈，只好讓刀斧手將狄青推到王爺面前。潞花王一見狄青，覺得他雖然穿著小兵服裝，卻是氣宇非凡，即使身遭綁縛，仍是一臉剛毅不屈，心中對他頗有好感，便問：「此人犯了何罪？為何將他綁縛起來？」

　　孫秀躬身回答：「啟稟王爺，此人無故在正對公位的粉牆上題詩，有意欺辱上官，身犯軍法，理當處斬。」

　　「哦？題了什麼詩？」汝南王聽見此話，一時來了興趣，便踱步上前去看那詩，看完笑著說：「看這詩意，不過是此人自稱高才，冀求重用罷了，哪裡是犯了什麼軍法，孫大人也看得太嚴重了。」

　　「而且若他真是賢才，重用尚且來不及，怎能將他隨便處斬呢？」靜山王拉拉東平王的衣袖，要他附和己意，東平王會意，點頭說：「孫大人，就算此人狂妄了些，今日就看在本王的面子上，饒恕了他吧。」

萬花樓演義

「此人詩中語意狂妄，又故意題寫在主位正對面，分明是有意汙衊天子和重臣皆無識人之明，如此大不敬，豈可輕饒？按照軍法，理應處斬。」

潞花王眼見孫秀執意要處斬狄青，不講任何情面，冷笑一聲，便說：「孫大人口口聲聲說他犯了軍法，依本王看來，只怕他是犯了孫大人你『一人』的軍法吧？」

「王爺，下官只是依法行事，不敢有私。這狄青無視軍法如山，若是不斬他作為警惕，將來要如何帶領十萬大軍？」

「依你之意，是非斬不可了？」潞花王冷冷的問。

「非斬不可！」

勇平王一直默不作聲，此時也忍不住說：「依本王看來，此事可大可小，孫大人因為這小小的過錯就處死士兵，恐怕讓眾將士惶恐不安，何況有諸位王爺在此為他討饒，孫大人還是開赦了他吧！」

幾位王爺不約而同要救狄青，你一言我一語，弄得孫秀啞口無言。

孫秀此刻臉色漲得通紅，咬著牙說：「既然各位王爺都這麼說了，下官便饒了他的死罪。只是死罪可免，活罪難逃。來人哪，將狄青拖下去重打四十軍棍，革

除軍籍，攆他出去！」

潞花王沉聲大喝：「孫大人！四十軍棍打下來，此人還能有命嗎？你執意要置他於死地，究竟是何居心？」

孫秀的私心一再被潞花王戳破，氣得他臉色一陣紅一陣紫，正要回話時，勇平王已不耐的說：「孫大人，再爭執下去，只怕有失威儀風範，這樣吧，便打這狄青二十軍棍，兩位都不要再多說了！」

孫秀知道在現在這種情況下是殺不了狄青了，只好咬牙忍下，暗地裡吩咐兵士，要他們偷偷換上藥棍狠命的打。這藥棍是孫秀私製，打上二十棍，不出七日，就要狄青兩腿潰爛，毒氣攻入五臟，到時便是神仙也救不了他。

狄青被打了二十棍，狼狽的離開軍營，只覺雙腿萬分痛楚，就像刀割，一摸大腿，竟是鮮血淋漓。他原打算先回周成的商行，誰知傷口劇痛，像他這樣習武多年的硬漢竟痛得無法行走，只能就近找一間小廟歇息。

才到廟門前，狄青已經疼得臉色發白，雙唇也因忍痛而咬出血來。廟中管香火的司祝看見他情狀悽慘，連忙上前探問，狄青忍著痛楚，把事件始末說明一番。

萬花樓演義

司祝聽完，趕忙說：「孫秀的軍棍比起別人的都還要屬害，傷在他軍棍之下而後喪命的，我也親眼看過幾個。你如今受此棍傷，非同小可，必須及早治療才是。」

　　「只是我初至京城，人地生疏，不知道何處有名醫妙手可以相助呢？」狄青痛得緊皺雙眉，語音微顫。

　　「這個棍傷，尋常大夫是治不來的，所幸從這裡往前去沒多遠，有座古廟，廟內有位隱修和尚，醫道高明，而且他宅心仁厚，慈善無比，你可以請他幫忙醫治。」

　　「多謝老丈指點。」狄青連連道謝，咬緊牙關，撐起身子，努力往古廟走去。

　　　　沒多久，前方果然出現一座古廟，氣象森森，莊嚴無比，狄青強忍痛楚，上前叩門。出來接待的小沙彌見狄青身負重傷前來求醫，連忙將他請到房間裡面，房中有一老和尚盤腿而坐。狄青看那老和尚丰姿神旺，雙目澄清，料想必定就是隱修和尚，正想向他行禮，誰知傷處疼痛難忍，雙腿一軟，跌倒在地。

47

隱修連忙上前將狄青扶起，問他受此重傷的原因，狄青將實情詳細告知，隱修不禁皺起雙眉，說：「原來又是孫秀這傢伙在作怪，施主大概不知道孫秀的軍棍是上了劇毒的，被這棍打上兩腿，不出三天便會潰爛，七天之內，毒氣攻心，必死無疑。」

狄青一聽，臉色大變，他不懂孫秀為何如此險惡，自己與他無怨無仇，為什麼要下此毒手？隱修見他臉色難看，便趕緊安慰：「施主無須憂慮，這藥雖然猛惡，但幸虧你早來求醫，我必能將你治癒。」

「多謝大師相救。」狄青聽見性命能保，忍不住向隱修連連道謝。

隱修微微一笑，吩咐狄青趴在床榻上，小心揭開他的衣褲，只見狄青臀部乃至大腿，一片血肉模糊，紫黑色的血水不斷滲出，顯然毒氣已經開始蔓延。隱修轉身從架上取出一個小葫蘆，倒出兩粒朱紅丹藥，將其中一粒交給狄青服下。接著取來三束藥草，逐一放進藥缽中搗爛，再用米醋化開，細細塗抹在狄青傷處，當下狄青只覺劇痛難忍，雙眼一翻便昏了過去，全身冷汗滾滾流個不停。

「師父，他昏過去了。」一旁侍立的小沙彌驚叫，隱修卻毫不驚慌，取出油紙將傷口包好，要小沙彌將

被褥蓋在狄青身上，並吩咐他在一邊守候，等狄青汗止之後，再將另一粒丹藥餵他服下。

狄青在隱修的治療下，幾天後便能下床行走，行動敏捷一如往常。狄青非常感激隱修的救命之恩，但是他又不知該如何報答，百般思量之下，只好拿出母親佩在他身上的玉鴛鴦。看著玉鴛鴦霞光隱隱，狄青想起失散的母親，不禁紅了眼眶。這玉鴛鴦是他從小佩戴的家傳之物，照理不應贈送旁人，但隱修之恩，有如再生父母，若將此物贈送給他，相信父母也不會責備他的。

心中下了決定後，狄青前往廂房拜見隱修。隱修正獨自在廂房中排棋譜，抬頭看見狄青氣色光潤，笑著說：「恭喜施主恢復極快，棍傷已完全痊癒了。」

「都是大師用藥得宜，救了我一命。」狄青從懷中取出玉鴛鴦來，誠心誠意的說：「大師救命之恩，我無以為報，此乃我隨身之物，還請大師笑納。」

「舉手之勞，施主無須如此。」隱修見他手中的玉珮光采爍爍，心知此物有異，問起它的緣由來歷，狄青便將玉鴛鴦的來歷細細說明。

隱修聽後，便說：「此物並非尋常的東西，又是施主家傳之物，我不敢拜領。」他雖然推拒，狄青卻執

意要給。<u>隱修</u>知道他是報恩心切，若是不收必使他心內不安；但玉駕鴛是<u>狄青</u>的家傳寶物，他怎能收下？想了一下，他故意冷哼一聲，說：「施主莫非小看我，以為我救人就是為了索取報酬？」

<u>狄青</u>一聽這話，大感惶恐，連忙否認：「不是的，只是救命之恩深重，除此物之外，均不足以表示我的感謝。」

「恩怨情仇，都是前世因果，施主無須掛念，這玉駕鴛對你很重要，施主還是收回吧！」

見<u>隱修</u>堅持不收，<u>狄青</u>只好將玉駕鴛收好，感激得跪倒在地，向<u>隱修</u>連連磕頭。<u>隱修</u>連忙扶起他，說：「施主如今傷勢已痊癒，可以離寺自求發展，恕我不能遠送了。」<u>狄青</u>再三拜謝之後才告辭。

在回商行的路上，前方忽然傳來一片喧嚷之聲，還有人拚命喊叫：「要性命的就快閃開，馬兒發狂啦！」

<u>狄青</u>抬眼，只見一匹駿馬，四蹄如鐵，以排山倒海之勢狂奔而來。路上行人急忙閃避，有的閃避不及，被馬蹄踢得骨折筋斷，不斷哀號。

<u>狄青</u>想：「此處市集正是京城最熱鬧

的地方，人聲鼎沸，如果這馬狂奔到這裡，肯定會有很多人受傷。」於是狄青雙足一蹬，一個飛身上前，人已來到橋上。那馬像發狂般的朝他直衝而來，狄青站穩腳步，看準來勢，右手如電，倏然伸出，抵住馬頭，隨即腰身一扭，人已騎上馬背。

那馬雖生得健壯高大，但被狄青這麼一攔，竟能在狂癲之時緊急煞住，只見牠揚起前足，嘶鳴不已，四足連踢，不停的上下縱跳，想將狄青摔下來。狄青毫不驚慌，雙腿緊緊夾住馬腹，雙手勒住馬頸。馬兒縱跳之勢越猛，他雙手便收得越緊。狄青天生神力，那馬被他雙手一勒，沒多久就喘不過氣來。

誰知那馬生性強悍，居然翻身往地上一倒，要將狄青壓在身下，也虧得狄青機警，一個翻身躍起，人已落在馬後。那馬見狄青落地，又揚起後腿，往狄青身上踢來。狄青怒喝一聲：「孽畜！還敢張狂。」說著凌空上躍，一掌按住馬頭，用力一捺，那馬只覺泰山壓頂，轉眼已被按落在塵埃之中，動彈不得。一會兒，那馬似乎已無反抗之意，狄青微微鬆手，那馬一個翻身站起，竟溫順的在狄青身邊點頭、低鳴，看起來與狄青十分親密。

旁觀眾人看見狄青收伏野馬，不禁歡聲雷動，原

本追馬而來的人一擁而上，七嘴八舌的向他道賀。原來這匹馬叫「火驑駒」，是東番進貢的好馬，聖上將牠賜給龐洪，哪知這匹馬不喜歡被鞍轡所拘束，再加上力量大，龐府家丁收伏不住，竟被牠踢壞馬廄，逃竄了出來。

龐洪得知此事，諭令眾人：凡是能夠降伏這匹馬的人，不論軍民，都能到府中領賞。因此龐府眾家丁見狄青降伏火驑駒，便簇擁著他回府領賞。狄青本要拒絕，但拗不過龐府眾家丁一再鼓吹，再加上火驑駒才剛剛收伏，野性未馴，只服他一人，狄青只好跟著眾人回龐府。

第四章 入 轂

「你這次做得真好，神不知鬼不覺的結束了狄青的性命，實在為你我出了一口惡氣。哼！那穢氣的包黑子以為把人放走便沒事，哪知狄青最終還是死在我們手中，哈哈哈！」

當狄青被家丁們簇擁著往龐府來的時候，孫秀正好在龐府中與岳父龐洪飲酒。兩人說到孫秀暗地裡以藥棍擊打狄青一事，猜想著他應該已在京城的某個角落裡毒發身亡而欣喜，又想到包拯橫加阻攔、五位王爺出手干預等事，不禁暗自咬牙，商討著日後如何報復。

忽然，家丁來報有一名叫狄青的少年英雄收伏了火驪駒，正往府中領賞。龐洪與孫秀聽了這話，不禁面面相覷，孫秀先是一呆，轉念一想，已知原委，隨即怒拍桌子，

恨恨的說：「哼！隱修這可恨的野和尚，我孫秀所傷之人他竟然也敢救！」說著便要出去將狄青抓起來處死。

「你先慢著。」龐洪伸手拉住孫秀，撫著鬍鬚笑著說：「那狄青既然能降伏火騮駒，必然身負絕藝，若是他發起狠來，只怕你抵擋不住，不如讓我去會會他，再找機會斷送了這小畜生的性命，豈不乾淨俐落。」

「岳父大人說得對。」孫秀點頭稱是。

龐洪眼中閃過一抹陰狠光芒，隨即來到前廳，只見一個英氣勃勃的少年站在廳中，想來便是狄青，他冷冷一笑，暗想：「狄青啊狄青，天堂有路你不走，地獄無門你偏偏闖進來。上回算你命大，能在藥棍下死裡逃生，今天落到我手中，瞧你還能逃到哪裡去？」

狄青聽見家丁報說太師來到，連忙上前行禮，龐洪滿臉慈祥，和氣的說：「英雄免禮，不知尊姓高名？原籍何方？」

「晚輩姓狄名青，世居山西太原。」

「原來是狄壯士啊。」龐洪眼中閃過一瞬殺機，臉上仍是一派祥和，笑咪咪的說：「我曾說過，若有人能降伏火騮駒，必當重賞。如今兵犯三關，狄壯士又如此英雄了得，豈可埋沒？不如你先在這裡住幾日，我再向聖上推薦你，不知你意下如何？」

狄青渾然不知龐洪心中奸計，聽他有意推舉，連忙拜謝叩頭，說：「若能得到太師的抬舉，那真是晚輩三生有幸。」

　　「呵呵，狄壯士說哪裡話來，為國舉才，本是我應該做的，你如此英雄，我豈可錯失人才呢？」龐洪暗喜狄青已經中計，擊掌喚人，說：「來人，請狄壯士往後花園樓閣中休憩，送上酒菜佳餚，好好款待。」

　　家丁領命，帶著狄青往後花園的丹桂亭去。狄青不知大禍將至，在亭中暢快的大吃大喝。龐洪見狄青不疑有他，心中大喜，回到書房對孫秀說了，孫秀笑問：「不知岳父打算如何整治這小畜生？」

　　龐洪得意的說：「等他夜裡吃飽喝足，大醉酩酊的時候，再偷偷放把火，還不將他燒得屍骨無存嗎？」說著喚來家丁，細細叮囑夜裡的計謀。

　　當時龐府中有一名頗受器重的家將李繼英提出自己的看法，說：「啟稟太師，此時要將狄青治死實是輕而易舉，但是夜裡京城大火，難免引人注目，反生禍患，不如讓小的去與他把酒言歡，將他灌個爛醉之後，再一劍結束了他的性命，又不引人注意，豈不更妥當？」

　　「如此更妙。」龐洪點頭稱是，細細打量李繼英

萬花樓演義

一番，說：「嗯，你頭腦清楚，心思縝密，這件事如辦得成功，我便提拔你當七品縣令。」

「多謝太師。」

李繼英來到丹桂亭，向狄青行了個禮，說：「我姓李，名繼英，太師擔心英雄獨飲寂寞，特派我來作陪，務必讓壯士盡興歡飲。」

「如何敢當。」狄青謙遜辭謝，心裡覺得李繼英這個名字十分熟悉，可是偏偏想不起來何時相識，不由得對李繼英多看兩眼。李繼英見狄青眼神有異，也不探問，只是殷勤為他斟酒、夾菜。

兩人連連飲酒，轉眼已夜深，一輪明月當空，李繼英見四下無人，站起身來，對狄青作了個噤聲的手勢，湊到他耳邊，低聲說：「公子，今日大難臨頭，你可知曉？」

狄青聽他如此叫喚，忽然想起李繼英乃是他父親生前的得力助手，當日在洪水中失散，沒想到在此重會，他喜出望外的

59

說：「李大哥，原來是你！」

「噓！」李繼英拉著狄青往後花園深處走去，一邊問：「公子，你和孫秀究竟結下什麼大仇，為什麼他一直想殺害你？」

「我與他素不相識，也不知道他到底在想些什麼，怎麼？你剛才所說的大難，莫非與他有關？」

「公子難道不知道孫秀是龐太師的女婿嗎？他當日害你不成，今日你自己送上門來，他們兩人已經決定要在今夜將你害死在這小樓之中。」

狄青大吃一驚，憤怒的說：「好奸賊，他們既然想取我性命，那我就先殺了他們，再鬧得這裡雞犬不寧！」

李繼英連連搖手，趕緊勸他：「公子這話糊塗，龐洪貴為太師，府中衛士如雲，你縱然勇猛，畢竟雙拳難敵眾手，到時只怕白白葬送了你我的性命。」

「李大哥說得對，小弟太過衝動，思慮不周，差點連累了你。」狄青苦思不出脫身之策，不禁暗暗發愁。

「公子放心，我早已想好脫身之計。龐府前、後門都有重兵把守，加上四面圍牆高險，北東南三面牆外皆有衛士來回巡守，唯有西面與吏部老爺韓琦府第

相隔，而牆邊正巧有一棵古樹，高聳參天，公子可爬上樹去，越過高牆，向韓大人求援。韓大人為人正派，乃是正直忠心的大臣，公子在他府中躲避，可保無虞。」

狄青對李繼英的義氣相挺、相救，非常感動，說：「李大哥，若不是有你，小弟今夜就糊裡糊塗的死在奸人計謀之下了。」

「公子，這是我該做的，你不必掛心。事不宜遲，還是儘早離開這危險的地方吧！」李繼英為狄青指點路徑，狄青施展輕功，上樹越牆，轉眼已到韓府中。

李繼英見狄青身手輕巧的攀過高牆，這才安下心來，轉念一想，自己若再待在太師府中必然遭殃，便趕緊回房收拾行李，假稱要往孫秀府中傳話，大搖大擺的從正門離開。

到了早上，龐洪散朝後回府，卻聽見家丁報告說狄青不見了，不禁大吃一驚，連忙派人傳喚李繼英，才知李繼英已在半夜獨自出府。

龐洪非常憤怒，連忙到後花園查看，只見園中牆

垣高有三丈，四路封鎖，實在不知狄青如何逃脫，轉眼瞥見高牆旁邊古樹參天，龐洪心想這狄青必是藉此逃往韓琦家中。他怒氣沖沖，吩咐家丁追捕李繼英，並往兵部調兵三千，將韓府團團圍住，非搜出狄青不可。

韓府上下忽見太師帶兵前來，全都嚇呆了，只有韓琦一如平常，上前與龐洪行禮，說：「敢問太師，不知本官犯了哪條國法，要太師這般勞師動眾，帶領兵馬將本官家宅圍困？」

「韓大人，昨日有一名逃兵狄青從我府中逃往大人府中，你儘速將他交出，我便立刻告辭，不敢多做打擾。」

「軍士兵卒本該兵部管轄，怎會由太師領兵追捕呢？何況太師口中說的這個狄青，本官從未聽聞，又要如何窩藏？」韓琦眼看列隊在府前的數百兵士，個個手執火把，來勢洶洶，故意說：「嘖嘖！瞧太師這般氣勢，必是有意在本官府中搜上一搜了，也罷，太師儘管搜查，本官絕不阻擋。」韓琦讓到一邊，右手做勢說請，龐洪冷哼一聲，手一揮，一隊人馬立刻進到韓府搜查。

過了片刻，眾兵士回報：「韓府上下都沒看見狄青

蹤影。」韓琦冷笑說：「太師可查清楚了嗎？」

龐洪瞪著韓琦，轉身正要離開，忽然想到韓琦府中有一座先帝欽賜牌匾的御書樓，乃先帝賜與韓琦校閱典籍的地方，樓旁有聖旨牌位，註明著除了皇上與韓琦，不許任何人擅自進入此樓，違者以侮君論。

「莫非韓琦將狄青窩藏其中不成？」

韓琦看到龐洪臉色不定，猜中他的心意，故意笑著說：「啟稟太師，本官府中有欽賜御書樓一座，太師不妨搜上一搜，或許這狄青就藏在裡頭呢？」

龐洪老奸巨猾，當然聽得出韓琦用激將法諷刺他，不論狄青是否躲在御書樓上，只要龐洪敢上御書樓一步，就是侮君大罪，韓琦便可將他逮捕。他瞪了韓琦一眼，生氣的說：「韓大人既然執意窩藏逃犯，我只好讓三千兵士日夜在此看守，只要狄青敢踏出韓府一步，立刻上前拘

拿！」說完氣沖沖的拂袖而去。

　　韓琦轉身回府，立即來到御書樓，只見樓中走出一個俊秀男子，正是狄青。原來昨夜狄青來到韓府，正好遇上韓琦在園中思量國事，狄青便將事情始末詳細向他說明，韓琦一向愛才，見狄青英雄了得，又惱恨龐洪等人奸惡，便將他留在府中，一直到龐洪派兵來搜，不得已才讓狄青躲在御書樓中。

　　狄青向韓琦拜倒：「多謝大人相救。」

　　韓琦將狄青扶起，笑著說：「小事一樁，別放在心上。如今府外有兵士監視，只好委屈你在我府中暫住一陣子，再做打算。」此時忽然有家丁向韓琦報告，說宮中傳召，要韓琦趕緊進宮。於是韓琦連忙穿整朝服，進宮見駕。

　　韓琦本以為是聖上宣召，急急忙忙進宮，哪知內侍卻將他領往南清宮。南清宮狄太后乃當今聖上生母，一向久居深宮，不理朝政。韓琦心想：「今日宣召我入宮，不知是何用意？」

　　韓琦一路思索，轉眼來到南清宮，看見潞花王和包拯都在宮中，韓琦連忙上前行禮，潞花王擺擺手，讓他在包拯身邊坐下，才說：「今日宣召二位入宮，是因為母后前日夜裡作了一個怪夢，為此心神不寧，因

知二位博學，醫卜星相，無不知聞，故特請你們前來，一解母后的憂慮。」

包拯與韓琦互望一眼，均未接話，潞花王繼續說：「母后夢到她拿起一塊肉餡放入口中，肉餡一咬開，當中竟有肉骨一塊，撞得她齒牙疼痛，口中鮮血染紅肉餡，此時肉餡沾血卻復合成圓。母后醒來之後，一想到夢中情景，就相當憂慮，不知夢境是吉還是凶。二位對此有何解釋？」

包拯立即起身告罪：「微臣愚昧，只知判斷民情，解夢之事卻是不懂，還請王爺恕罪。」

潞花王聽了眉頭一皺，看向韓琦，韓琦略為思索，便說：「臣有一解，只是不知是否適當。」

「韓大人快說來聽聽。」潞花王催促著。

「依微臣看來，太后夢到分離的骨肉又合在一起，應當是與親人相逢的預兆，所以這個夢是吉兆。」

潞花王挑高雙眉，沉吟了一會兒，說：「包大人，你公務繁忙，可先回府。韓大人請到書房等待，讓本王去稟告母后，或許母后還有其他問題想請教。」

萬花樓演義

包拯與韓琦一同起身退下，內侍帶領韓琦到書房等候。忽然，南清宮後花園中傳來聲聲巨響，夾雜著波浪翻湧之聲，隨後紅光滿天，又傳來吼聲連連。

　　後花園中聲響不斷，卻始終無人前來查看，韓琦感到好奇，走出書房，卻有內侍臉色怪異的連忙上前阻攔，韓琦問他：「怎麼？這後花園中莫非有什麼古怪之事嗎？」

　　「韓大人您有所不知，後花園中有妖魔作祟呢！」內侍一臉恐懼。

　　「妖魔作祟？什麼時候的事？」

　　「南清宮後花園中那個荷花池，幾天前突然紅光閃爍，波濤起伏，小的和幾個園官以為有什麼怪東西掉在裡頭，一夥人一起去查看。誰知才走上前去，忽然波浪滔天，整個荷花池的水像是活了似的，水光中依稀還看到一個頭上長角、眼泛紅光的妖怪，嚇得我們連滾帶爬的逃了出來。之後老是聽到後花園裡有古怪的吼聲，也不知是什麼妖怪在裡頭興風作浪呢！」內侍回憶起前事，仍是心有餘悸。

　　「王爺如何處置此事呢？」韓琦越聽越奇，催促內侍再往下說。

　　「唉，能怎麼處置，大人您仔細聽聽那吼聲，是

不是讓人心驚膽顫？宮裡的人都怕得要命，現在都儘量不到這邊來了。王爺本想請法師入宮收妖，可是不知往哪裡找去，又怕消息傳出去，讓其他人笑話，只好把後花園的門層層鎖上，封閉起來，只求那妖怪不要出來傷人就阿彌陀佛囉！」

這時，韓琦心念一動，撫摸著鬍鬚，露出高深莫測的微笑，說：「我倒知道有個人或許有能耐降伏這園中的妖怪。」

第五章 降　龍

　　一騎快馬奔馳在京城官道上，馬上的武將右手高舉著九龍令牌，陽光照耀得令牌熠熠生輝，在街市上一閃而過。快馬在韓吏部府前停下，武將高舉令牌，喝令在場三千衛士立刻解散歸營。兵士散去後，武將依潞花王之令，將狄青請到南清宮。

　　來到南清宮中，等候著他的是之前在教場救他性命的潞花王，狄青趕緊上前行禮，只聽潞花王對狄青說：「狄青，本王召你前來，是因韓大人推薦你，說你曾向王禪老祖學藝，故有降妖伏魔的能力，若你能將後花園的妖怪收伏，必有封賞。」

　　狄青暗自尋思，自己雖然跟隨師父學習武藝多年，卻只學了武功及兵法，並沒有學過仙家法術。但他藝高人膽大，自恃武功高強，區區妖魔根本不放在眼裡，於是當場叩首領命。

　　潞花王大喜，趕緊派人擺下筵席，款待狄青和韓琦。用過酒膳之後，眼見天色昏暗，星月初上，狄青

向潞花王、韓琦拱手行禮後，轉身在內侍的帶領下走到後花園。只見園門重重封鎖，有一隊內侍站在園門前，手捧各式各樣的兵器，任由狄青挑選，狄青看了看，將一柄寶劍懸在腰間，又拿了一口鋼刀握在手中。

內侍抖著手將園門打開，一副生怕妖怪衝出來的模樣，狄青見了，微微一笑，在內侍肩上輕輕一拍，閃身進到園中。內侍連忙將園門鎖上，吁了口氣，整個人已癱軟在地。

狄青入園，將鋼刀橫在胸前，眼觀四面、耳聽八方的走在鵝卵石小徑上。當夜是八月十四，隔天便是中秋佳節，一輪明月高掛空中，但亮晃晃的月光照在後花園裡，卻顯得氣氛妖異。狄青小心翼翼的往荷花池方向走去，臨近池邊，忽然當空一聲霹靂，接著只聽見吼聲如雷，眼前瞬間紅光閃爍，伴著水光直衝天際。

荷花池突然漫起巨浪，浪高數丈，波浪之中紅光隱隱，狄青定眼一看，就見一條紅鱗閃耀的赤龍從滔滔波浪中飛出，張牙舞爪的向他衝來。狄青連忙翻身閃過，提起鋼刀指著赤龍，大聲一喝：「何方妖怪，看刀！」

只見赤龍昂頭擺尾，張開大口，惡狠狠的向狄青

直撲而來。狄青舞起鋼刀，在赤龍身上連砍數刀，誰知龍鱗堅硬無比，一砍之下，刀刃竟然捲起。狄青丟下鋼刀，抽出腰間寶劍，揮向赤龍，赤龍躲過，咆哮之聲不絕，忽然一個翻身飛上天際。

「休想逃走！」狄青雙足輕點，左手攀住龍尾，哪知赤龍狡獪，轉身張口攻擊，狄青長劍向前一刺，剛好被赤龍咬住，劍刃立刻斷裂。狄青拋下斷劍，翻身上躍，雙手抓住龍角，雙足連踢，每一腳都踢在赤龍下顎，赤龍痛得扭動身軀，翻翻滾滾飛上青天。

狄青緊緊抓住龍角，趴坐在赤龍背上，雙足不停的攻擊赤龍。赤龍穿過雲霄，又忽然向下俯衝，眼見就要衝入池中，狄青趕緊鬆手，翻身躍下龍背，躲在池畔伺機而動。赤龍潛伏池中，忽然凶猛的翻轉身子，排山倒海的巨浪就直直的向狄青撲擊而來，狄青擺開架式，看準赤龍來勢，一掌擊出，正中赤龍下顎。赤龍一個扭身又飛衝而上，吼聲連連，正要俯衝往下攻擊的時候，卻看見狄青渾身迸發金光，有如天神。赤

萬花樓演義

龍於是長嘯一聲，化作一道紅光，直透九霄，逼得人無法張眼。等到強光過後，園中一片寂靜，妖怪吼聲消失，耳邊只聽見嘶鳴之聲。狄青睜開眼，只見一匹龍駒，高約五呎，毛色殷紅、油亮光滑，頭上還有一支青角，雙目炯炯有神，非常漂亮。

「這匹馬如此威武，難道是剛才那隻赤龍變成的？」狄青訝異不已，走到龍駒身邊，龍駒溫順不動，只是嘶鳴一聲，表示親近。狄青伸手輕撫龍駒的鬃毛，問：「龍駒啊龍駒，莫非你是上天賜給我狄青的？如果是，頭就點三下，若不是，就搖頭三下。」

話才剛說完，馬頭便連點三下。原來這龍駒是天上的火龍，曾經變身為九點斑豹御騮駬，成為趙匡胤開闢宋代江山的坐騎。

開宋之後此馬復歸原位，誰知牠凡心未了，私自下界，竟使西河縣被大水翻沉，惡水殘害數十萬生靈，所以被貶下凡，等待武曲星下界，幫助他平番保國，才能將功贖罪，重返天界。剛才那場激鬥，狄青

現出本相，一身金盔金甲，神威凜凜，正是武曲星模樣，牠知道是主人到來，所以翻騰變化，變為龍駒。

狄青看見龍駒點頭，難掩心中喜悅，立即翻身躍上馬背，在後花園中馳騁了起來。狄青坐在馬上，只覺龍駒奔走如飛卻又異常平穩，雖然花園不大，卻依舊調轉自如，若能在廣闊的平原上盡情奔馳，必然迅如奔雷，捷若閃電。

這時內侍們在園外等候已經將近一個時辰，原本還聽見吼聲如雷，如今卻一片寂靜，不知園中情況如何，眾人雖然害怕，但王爺還在前廳等候回報，只好戰戰兢兢的打開園門。園門一開，忽然有人躍馬奔出，大家都嚇了一大跳，狄青騎在馬上，豪邁大笑，高聲的說：「各位侍官，我已將妖魔降伏了。」

眾人歡喜，連忙向潞花王報告，潞花王與韓琦聽狄青說明降妖的過程，嘖嘖稱奇，潞花王看著龍駒，笑著說：「這匹馬既然是在月下收伏的，本王將牠取名『現月龍駒』，你覺得好嗎？」

狄青回答：「這匹馬是王爺的，王爺這樣詢問，草民實在不敢當。」

「這現月龍駒是你降伏的，一定是老天爺要賜給你的，本王怎麼可以占為己有呢！」潞花王笑了笑，

上下打量<u>狄青</u>，說：「真是人不可貌相，本王之前看你青年俊美，不相信你有如此能耐，沒想到你真的收伏了妖魔。」

三人興致高昂，有說有笑，<u>潞花王</u>對<u>狄青</u>十分欣賞，便詢問他的家世背景和過往經歷。談話之間，早有人去向<u>狄太后</u>報告後花園妖怪已經降伏的事情，<u>狄太后</u>感到非常安慰，於是派人前來詢問。<u>潞花王</u>只好命人準備酒菜款待<u>韓</u>、<u>狄</u>二人，獨自一人前去晉見<u>狄太后</u>。

<u>潞花王</u>見了<u>狄太后</u>，不停的稱讚<u>狄青</u>英雄了得，<u>狄太后</u>一聽，臉色忽然改變，似喜似憂，語音微顫的問：「你說收伏妖怪之人姓<u>狄</u>名<u>青</u>，是<u>山西</u><u>太原府</u>人？可知他父祖姓名？」

「聽他說祖上<u>狄元</u>，曾為<u>山西</u><u>太原</u>總督；父名<u>狄廣</u>，官居<u>山西</u>總兵，說來也算是將門虎子。」<u>潞花王</u>雖然不明白<u>狄太后</u>神色為何如此激動，還是將<u>狄青</u>所說的，據實稟報。

「傳他進來，快傳他進來，我要親眼看看他。」<u>狄太后</u>聽了這話，哪裡還能按捺，站起身來，連聲命令。

潞花王不明白母親為何忽然如此失態，只好侍立在旁。不一會兒，狄青在內侍的傳喚下匆匆來到，伏跪在地，心中惶恐不安。狄太后一見到他，還未開口，兩行清淚已忍不住滾落。狄青的模樣跟她哥哥狄廣年少時一模一樣，那眉毛、那眼睛，還有那英挺的鼻子，根本就是狄廣的翻版。狄太后心裡明白，不需其他證據來證明，狄青必然是狄廣的兒子，那個在她離家入宮之時，還懷抱在手中，嗷嗷待哺的小嬰兒，她嫡親的姪兒。

狄太后內心相當激動，但仍理智的想到自己是一國之母，若是誤認親人，只怕被人笑話，因此她深深吸了一口氣，力持鎮定的問：「狄青，你說你是山西總兵狄廣之子，有什麼憑據呢？」

狄青聽狄太后問了這樣一個奇怪的問題，雖然覺得很疑惑，但還是據實回答：「回稟太后，草民有家傳玉鴛鴦一只，可以作為證明。當年母親曾說過，玉鴛鴦原是雌雄一對，雄的繫在草民身上，雌的則為草民姑母攜帶入宮，只可惜當時姑母在進宮路上自盡身亡，如今雌的玉鴛鴦已不知去向。」

狄太后不禁一愣，自己明明好端端的活著，為什麼狄青會說自己自盡身亡呢？

原來當日她嫁給八王爺之後，聖上曾派孫秀將許多金銀財寶賞賜給各秀女的家人，但孫秀因為狄元為官時處死其父而懷恨在心，不僅沒有將聖上的賞賜送到狄府，還惡意捏造狄千金已死的凶信，害得狄老夫人聽聞惡耗，沒多久就傷心過世，狄廣為了避禍，匆匆辭官，不久也重病身亡，只留下狄夫人與狄青姐弟倆相依為命，後來不幸又遇山西水澇成災，使得親骨肉離散十餘年。

「那你的玉鴛鴦有沒有帶在身上？」狄太后拋開心中疑問，決意先弄清楚狄青的身世。

狄青點點頭，從衣襟裡拉出玉鴛鴦，一時之間，滿室霞光。狄太后離座將狄青扶起，珠淚滿腮，激動的說：「狄青，我的親姪兒啊！」

此刻，潞花王與狄青都愣住了。狄青呐呐不能成言，在他兒時的記憶裡，姑母早已過世，如今狄太后卻拉著他，口裡連呼「姪兒」，叫他一時不知該作何反應。

狄太后見狄青愣住，趕緊命宮女取來一個黑色木匣盒，從中取出珍藏的玉鴛鴦。她手執玉鴛鴦，與狄青手中的玉鴛鴦並列，只見兩枚玉鴛鴦形貌毫無差異，只有鳥首處雕刻不同，雄的向左，雌的向右，放在一

塊，兩枚玉鴛鴦鳥喙相對，互吐霞光，更增異彩。

「這……這……？」狄青張口結舌的看著兩枚玉珮，抬眼見狄太后珠淚紛紛，一臉慈愛的望著他。

「如此說來，狄英雄就是本王的表哥囉？」潞花王驚喜交集，拉起狄青，笑說：「難怪本王當日對你一見如故，原來你我是骨肉至親啊！」

看狄青一臉不敢置信的模樣，狄太后語氣和藹的問：「孩兒，難道你還不相信嗎？」

狄青到此時才想通，師父說他到京城自有親人相會，原來所謂「親人」指的是眼前這位雍容華貴的姑母，而不是母親。他連忙上前跪下，口中呼喚：「姑母！」骨肉相逢，三人盡皆感傷。而後狄太后聽到母亡兄死，嫂嫂與姪女下落不明，不禁悲從中來。

為了轉移母親心思，潞花王說：「母后，您瞧剛才表哥力伏妖魔，如今還灰頭土臉，您卻只顧著哭泣。」

狄太后擦乾眼淚，笑著說：「是我糊塗了，姪兒你先梳洗完畢，再來好好聊聊

吧。」

　　看著狄青隨宮女退下，狄太后悲喜交集，對潞花王說：「改天上朝，你記得奏請聖上，封青兒一個王位、官職，若不這樣，我可不依。還有那韓琦解夢如此神準，又曾救助青兒，你也要記得賞賜他。」潞花王點頭答應，等到狄青梳洗過後，太后擺下筵席，準備好好款待這失而復得的親人。

　　韓琦在書房等待，見狄青遲遲未歸，憂慮的在房中來回踱步。忽然有一內侍向他報告，說狄青是太后失散多年的姪兒，如今三人相認，正有說不盡的前塵往事，因此傳令韓琦先行回府。事情的發展，令韓琦不禁又驚又喜，心想狄青既有了狄太后撐腰，龐、孫二人要想害他性命，那是難如登天了。

　　韓琦含笑回府，回想這一夜奇遇，心想隔天早朝，聖上對狄青必有封賞，狄青既已貴為皇親國戚，有他相助，何愁龐、孫奸黨不除？誰知隔日一早，聖上尚未臨朝，包拯已面色鐵青的站立在金殿上，而龐洪、孫秀恨恨的瞪著他。韓琦知道包拯為人耿直，與龐、孫二人極不對盤，但金殿上如此怒顏相向，卻是少見，忍不住上前向包拯探問。

　　原來昨夜韓琦回府之後，狄青與狄太后、潞花王

歡宴到深夜，狄青半醉半醒的被帶往潞花王府中歇息。入府沒多久，狄青口裡嚷著要殺孫秀、龐洪，醉醺醺的走出王府，侍官攔阻不住，只好跟著出府。豈知狄青才走到橋邊，竟倚在橋頭睡著了。碰巧龐洪、孫秀也宴飲結束，看見橋頭上有人身穿潞花王的衣服，還以為是王爺駕臨，仔細一看才知是狄青，這下勾起兩人前仇舊恨，喝令家丁將他抓起來，侍官們無法阻攔，只好趕快回府稟報王爺。剛好包拯巡夜經過，硬是出手橫加干預，認為狄青觸犯不得在夜晚外出的宵禁，應交由他處置，龐洪不從，兩人爭執不休，因此鬧上金殿。

　　韓琦聽完，不自覺的搖頭苦笑，心想狄青未免太過魯莽，才與狄太后相認，竟又惹出這件事來。

　　等到仁宗上朝，龐洪與包拯便參奏聖上，一個說狄青是逃兵，又大膽假冒王爺；一個說狄青觸犯宵禁，如何如何。仁宗心想，包拯公正無私，必定能秉公處理。因此下令將狄青交由包拯審問、發落，龐洪聽完，猶如被甩了一巴掌，只能恨恨的吞下怒氣。

此時，潞花王走上金殿，將狄青身世、狄太后懿旨一一向仁宗稟告。仁宗聽完，皺眉對龐洪說：「龐太師，你們也太過胡鬧，如何將皇親國戚指作逃兵，若是母后知道了，這罪可不輕，還讓朕落了個不孝、不義的罪名。」龐洪、孫秀聽仁宗說了重話，嚇得跪倒在地，頻頻討饒，心中卻更增忿怨。

仁宗擺擺手，命內侍宣狄青上殿晉見。一會兒，狄青緩緩步上金殿，跪在玉階之前，三呼萬歲。仁宗口裡說聲「平身」，眼睛細細將狄青打量一番，只見他英姿颯爽、神情瀟灑，儒雅中帶有一股勃勃英氣，確實是人中之龍。

「果然生得非常穎秀，難怪母后如此看重你。聽說你收伏了南清宮後花園的妖怪，足見武藝驚人，朕該賜你何等封號好呢？」仁宗見了狄青模樣，心裡十分喜歡，便想依照狄太后懿旨，封贈狄青王爵。

誰知狄青一聽仁宗提起封爵之事，不卑不亢的說：「啟稟聖上，常言道：『無功不受祿。』雖然太后、聖上恩重，但朝野可能會覺得不公平，草民

內心不安，不敢受賜。」

此語一出，滿殿譁然，<u>仁宗</u>一愣，反倒笑了，問說：「那麼依你的意思，朕應該怎麼做呢？」

「啟稟聖上，草民希望能跟滿朝武官在教場上比武較藝，若能勝得一品武官，便受封一品之職，若勝了二品武官，便受封二品之職，如此一來，上不負太后、聖上深恩，下不引滿朝文武之議，草民若能列朝班，亦受之無愧。」

<u>仁宗</u>忍不住滿心讚賞：「哈哈！不愧英雄本色，年紀輕輕竟有如此志氣與自信，也罷，便依你的提議，明日教場比武，就看你大展身手。」

第六章 比 武

　　早朝之後，龐洪、孫秀與胡坤等人恨恨的回到太師府中。龐洪既惱且恨的拍桌說：「這狄青還真是命大，來來去去就是殺他不死，之前他只是市井小民，即使有韓琦撐腰也成不了氣候，哪知道現在竟搖身一變成了皇親，想起來真是氣人。」

　　胡坤趁勢加油添醋：「太師，若說那狄青是市井小民，真殺不了他也就罷了，如今他成了皇親國戚，有狄太后當他的靠山，太師、孫大人與他的仇隙眼看越結越深，如果他改日有意挾怨報復，憑他如今威勢，那可真是易如反掌啊。還有，依下官看來，那包黑子和韓琦都與狄青相好，若讓他們連成一氣，只怕……。」胡坤來到龐府，一字不提殺子之仇，只是強調狄青與龐、孫二人的過節，因若能讓龐、孫有所行動，他便報仇有望了。

　　孫秀聽了胡坤的話，不免觸動心中隱憂，雖然心知胡坤用意，但兩人目的相同，因此便附和著說：「岳

父，胡大人說的有理，若讓那狄青在朝中得勢，只怕會對我們不利。」

龐洪聽了之後，笑著說：「這事你們不用憂心，我早已胸有成竹。」

孫秀、胡坤驚喜的互看一眼，胡坤連忙諂媚的說：「太師果然思慮周密，轉眼便有計策對付那狄青，下官真是多慮了。」

「是啊，不知岳父有何妙策，可有我效命之處？」

龐洪得意的撫鬚，笑著說：「那狄青自以為武藝高強，聖上要封他王爵，他偏偏要搞什麼教場比武，那不是自找麻煩嗎？他既然如此目中無人，我們又何必手軟，就讓他死在教場，也算是死得其所了。」

「只是那狄青武藝確實了得，要在教場上勝過他，只怕並非易事。」孫秀一臉為難。

「任憑他如何了得，難道滿朝武將會沒有一個是他對手？連番車輪戰下來，累也把他累死了，還有，你難道忘了王大人嗎？他也是武藝高強之人啊！」龐洪微微冷笑，心中計謀早已算定。

孫秀此刻已明白龐洪心意，便說：「原來岳父心中已將一切設想到了，實在讓人佩服。」

胡坤知道龐洪口中的王大人乃是當朝首屈一指的

武將王天化，他的武藝就算不及狄青，只怕也差不了多少，若是連番車輪戰，等狄青筋疲力盡之後上場，更有取勝的把握，但是……。

「太師計策雖妙，但如此比試只怕太后不依，若是事後究責，那該如何是好？」胡坤說出心中隱憂。

「哈哈！胡大人大可放心，教場比武，太后身為女子怎麼可能親自到場？而且歷來比武爭雄，從來沒有抵償的問題，否則王天化是我的門生，這麼安排豈不是要他送死嗎？若是事後究責，我自會處理，你們無須憂心。」

孫秀、胡坤見龐洪早已謀定於心，盡皆歡喜。三人想到隔日此時，便是狄青斃命之期，不禁得意大笑。

隔日清晨，教場上早已將座位排定，上上下下清理的一塵不染。時間一到，文武百官齊集在教場，七嘴八舌的談論不休，沒多久，一陣樂聲傳來，天子緩緩而至。

待仁宗坐定，高舉右手，鼓號聲瞬間震天，軍威凜然。鼓號聲中，只見狄

青手提金刀，身穿盔甲，騎著現月龍駒，緩緩進到教場中。仁宗見狄青騎在馬上，滿是英雄氣概，暗暗在心中喝了聲好，隨即宣下旨意，命令朝中三品武官先上場與狄青較量。

狄青勒馬站定，氣勢昂揚。三通鼓過，三品武官隊伍中走出一人，手持長槍，躍上紫騮駩，口中大喝：「狄王親，總戎徐鑾討教。」此人昨日聽了龐洪的指示，今日搶先出戰，想要消耗狄青的精力。

狄青把刀橫在身前，行了個禮，說：「請總戎大人指教。」話才說完，鼓號之聲響起，兩人擺開架勢，一夾馬腹，同時向前，一瞬間，刀槍相擊，徐鑾只覺得半隻手臂酸麻，一柄長槍差點握不住，心裡非常驚訝，沒想到狄青臂力這麼強狠，只怕再打幾下，自己的雙手都殘廢了。果然，徐鑾連架數招，已虎口迸裂，鮮血直流，趕緊勒退馬身，漲紅著臉說：「狄王親武藝驚人，小將無法招架。」

圍觀百官看到他拿著長槍的手微微顫抖，虎口還流血，也都讚嘆狄青驚人的臂力。龐、孫等人看見狄青三招兩式之間就擊退徐鑾，不禁又怒又驚，卻也束手無策。

「總戎大人承讓了。」狄青橫刀在前當作行禮，

勒馬在教場中等待。一時之間教場中一片寂靜，三品武官無人再敢出列挑戰。

此時，二品武官隊伍中閃出一人，身長八尺，一張國字臉，濃眉如墨，雙眼圓睜，手提大斧，跨騎烏騅馬上。此人姓高名艾，官居指揮使，在二品武官中算得上是第一把交椅。

高艾先禮後兵，與狄青行過禮後，便飛動大斧，連連劈砍，狄青也不慌忙，一夾馬腹，舞起金刀相迎，那金刀有七、八十斤重，但狄青揮舞起來卻很輕鬆，只見金光連閃，兩人交手十餘招後，高艾已經氣喘吁吁，雙手無力，狄青卻氣定神閒。

高艾知道自己打不過狄青，趕緊勒馬後退，說：「狄王親好本領，小將佩服。」狄青勝了第二場，不僅潞花王驚喜交集，連仁宗也非常歡喜，包拯、韓琦等人更是喝采連連。

龐洪等人看見狄青連勝兩場，不由得面如灰土，原以為如此車輪戰能耗損狄青氣力，哪知戰不了幾個回合，兩人竟然都敗下陣來，只怕今日不但難取狄青性命，還會弄巧成拙，倒讓他在聖上面前大展威風。

王天化身為龐洪門生，看見太師滿臉驚怒，打算為龐洪除去這眼中釘、肉中刺。他自恃英雄無敵，認

為徐、高兩人不中用，才會讓狄青連勝兩場。眼見狄青獨立場上，無人敢上前挑戰，他翻身上馬，從一品武官隊伍中飛奔而出，聲如洪鐘的大喝：「狄王親，今日奉旨比武，得罪莫怪！」一把青銅大刀霍霍砍去，狄青也不慌忙，從容舉起金刀，「噹」的一聲，架住王天化的青銅大刀。

王天化原本想一刀就將狄青砍落下馬，哪知狄青只是舉起右手輕鬆一架，就讓他連人帶馬後退兩步。王天化這才知道狄青屬害，立即使出渾身解數，與狄青對戰。狄青與他一交手，便知此人並非強敵，心想他既然是一品武將，應當為他留些情面，因此並不使出全力，只是接下他的招數，打算數招之後再反攻取勝，避免傷了同僚之情。

眾人見教場中兩柄大刀直上直下，不停的來回劈削，一陣陣金光、青光炫目，裹住兩人身影。又聽那王天化虎吼連連，奮力攻擊，潞花王等人不禁為狄青感到憂慮。王

天化乃九門提督，是有名的無敵大將，憑他生來一張青藍面皮，身高九尺，坐在馬上威武凜凜，便能讓人退避三舍，加上他武藝高強，攻勢凌厲，而狄青似乎只有接招之力，無還手之能，若是不小心被王天化傷了，要怎麼向狄太后交代呢。

仁宗也怕王天化傷了狄青，連忙下令兩人停手，決定此次比武以平手論，並且下旨封狄青為一品武職。

狄青跪地稟奏：「啟稟聖上，草民在金殿之上既已言明，贏了一品武官才能接受一品之職，若不分出高下就受封一品，豈不讓滿朝文武眾臣笑話，還請聖上恩准我二人再比，定要分出勝負才行。」

狄青此話一出，潞花王等人不禁暗自為狄青擔心，只有龐、孫等人暗暗竊喜，心想狄青自尋死路，再戰下去，王天化一定能將狄青斬於刀下。

龐洪連忙上前稟奏：「啟奏聖上，教場比武都要分出高下，此刻兩人雖似戰成平手，論武力只怕仍應算是王大人勝出，畢竟狄王親與太后乃是姑姪至親，比武之際，王大人怎麼敢使出全力？若兩人真要分出高下，應請狄王親與王大人立下生死狀，死活傷殘，均不究責，才可免除王大人心頭疑慮，雙方各出全力，比拚一場，如此才能讓文武百官心服口服。」

龐洪如此上奏，聽得狄青雙眉一豎，怒火上衝，心知龐洪想藉此機會讓自己喪生教場，他原本還想替王天化留下一品武將的顏面，因此保留實力，沒想到龐洪這老賊竟然如此小看自己，搶著要立生死狀，看來王天化也是龐洪一黨，既然如此，他也無須手下留情了。

狄青心中主意打定，冷笑一聲，上奏：「啟奏聖上，草民願立下生死狀，雙方奮力一搏，一分高下，只是刀劍無眼，若不幸使王大人成為刀下之鬼，狄青先在此謝罪。」這番話一出，百官譁然，有的說狄青年少不知輕重，有的則暗暗為他擔心。

「立生死狀便立生死狀，老子倒要看看是誰先成為刀下之鬼。」聽見狄青在聖上面前誇口，王天化怒火沖天，心中殺機已動。

仁宗聽兩人都願立生死狀，但是狄青若有個三長兩短，他怎麼向狄太后交代？正在為難的時候，只聽龐洪帶笑上奏：「聖上，若是擔心狄王親性命，不如就此了局，也不傷彼此和氣。」

狄青聽了這話，更加忿忿不平，仁宗見狄青一臉不服氣，又聽龐洪話鋒逼人，也知此事今日難以圓滿，若是就此打住，狄青必定成為群臣笑柄。他搖搖頭，

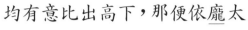

暗自嘆了口氣，說：「也罷！既然二位均有意比出高下，那便依龐太師所奏，雙方各請一位大臣見證，立下生死狀。」

龐洪喜不自勝，得意的瞄了狄青一眼，立刻為王天化做見證，簽名畫押。滿朝文武深恐日後狄太后追責，哪有人敢為狄青做見證？狄青看看潞花王，再看看包拯、韓琦，卻見他們全都避開眼光，心中不禁暗自著急。

此時一個面如冠玉、英豪俊朗的青年以清亮的嗓音說：「微臣願為狄王親做見證。」

說話之人叫石玉，乃是勇平王的女婿、彩霞郡主的丈夫，官居御史之職。石玉早已看出狄青武功在王天化之上，只是有意相讓，因此上前為他做見證。狄青見他出列，欣喜不已，立即向他點點頭，石玉回以淡淡一笑，眼神炯炯，昭示著對狄青的信任。

事情發展至此，潞花王與包拯、韓琦等也無力挽回，只能在一邊乾著急。

陽光下只聽見「咚！咚！咚！」鼓號連響，兩人

重新上馬，拿起大刀，狄青騎在現月龍駒上，嘴邊微帶冷笑，眼角餘光瞥見龐洪、孫秀臉上盡是奸笑，心想：「是你們害了王天化，怪不得我狄青。」

鼓號越響越急，兩人縱馬上前，王天化來勢洶洶，一把青銅大刀舞得虎虎生風，卻一招也遞不到狄青面前。王天化現在才知道兩人武藝懸殊，心中開始憂懼起來。而狄青一反先前避讓、接招的態勢，將金刀靈活舞開，金光爍爍，招招逼得王天化狼狽避開。忽然，狄青一招分天劈地，猛力砍下，王天化無法逃避，只好橫刀硬架。

狄青此招招式簡明，卻挾帶著深厚內力，王天化在狄青內力壓迫下，覺得全身酸麻，只能勉強的將金刀格開。狄青金刀連連攻勢，十餘招過後，王天化筋疲力盡，手上大刀幾乎抬不起來，正想奮力勒馬退出，只求保住一命，卻見一道金光從眼前閃過，還來不及反應便已人頭落地，正巧滾至龐洪面前，對上他驚訝不信的雙眼。

情勢急轉直下，看得眾人目瞪口呆，盡皆屏息，好一會兒，眾人才大夢初醒，喝采聲如雷，稱讚狄青英雄無敵、武藝高強。龐洪見王天化慘死，又想到狄青將蒙恩賜一品之職，這一口氣怎麼吞忍得下去，他

一個箭步上前，咬牙切齒的說：「臣啟萬歲，<u>狄青</u>雖是<u>王</u>家內戚，畢竟未受王封，卻在聖上面前斬殺大臣，實有侮慢之罪，還請聖上龍意斟酌。」

<u>潞花王</u>忍不住上前辯護：「既立下生死狀，不論生死傷殘均不得論罪，<u>龐太師</u>難道不知嗎？剛才是你一再唆使立狀，如今又想違背約定，如此出爾反爾，豈是大臣風範！」

「<u>潞花王</u>說的對，<u>龐</u>大人不要再多說了。朕今賜<u>狄青</u>一品朝衣，授以九門提督之職。」<u>仁宗</u>雖欣喜<u>狄青</u>武藝奇能，也感嘆失去一名猛將，便說：「<u>王天化</u>比武殞命，恩賜以侯禮殮葬，爵位世襲其子。」說完，便擺駕回宮。

聖上離去後，眾人紛紛上前向<u>狄青</u>道賀，唯有<u>龐洪</u>等人奸謀又敗，恨恨的拂袖而去。<u>潞花王</u>邀集眾臣一同回府為<u>狄青</u>慶功，當夜群臣歡宴，直到夜深。

<u>狄太后</u>聽聞消息，備感安慰。多年來，自己對親人的安危日夜懸心，如今不僅得以相聚，而且<u>狄青</u>又是如此出類拔萃，叫她如何不喜悅？這一塊壓在心上多年的大石，終於可以放下了。

第七章　送　衣

　　狄青自從在教場上大展身手之後便應酬不休，幾日下來生性豪邁的他對官場上的許多交際往來逐漸感到不耐，於是決定從此閉門謝客，除親朋好友之外，一律不見。

　　這天，他獨坐思考：雖與姑母重逢是件喜事，但母親與姐姐現在還下落不明，人海茫茫，一時之間也難以尋覓。又想到張忠、李義兩位兄弟為了自己，至今還被關在大牢之中，自己今日既已顯達，應當設法解救他們才行。還有那日教場上唯一敢挺身做見證的石玉，似乎也是一個值得深交的好漢……。

　　正思量時，門房忽報石玉來訪，狄青喜出望外，連忙起身相迎。兩人一見如故，相談之下，狄青欣賞石玉耿直敢言，處事明快，石玉也極為讚賞狄青器量寬宏，豁達大度，真可說是英雄惜英雄。

　　京城生活平靜無波，轉眼之間，時節已近深秋，邊疆守將楊宗保連上三道奏摺催討軍衣。這日，三十

萬軍衣已準備完畢，因此今日朝議的重點，便放在押解軍衣的人選上。

龐洪早在心中算計好，如今見機不可失，連忙稟奏：「啟奏聖上，押送軍衣一事非同小可，臣遍觀滿殿文武官員均不足以擔此重任，唯有狄王親、石大人兩人智勇雙全，由他二人押送軍衣，使命必然可達。」

仁宗覺得龐洪所言有理，立即宣召二人。狄青滿腔的報國之志，別說是押送軍衣，就是派遣他到前線殺敵，他也必然領旨前往。石玉見狄青領旨，雖然心中覺得龐洪推薦必有陰謀，但軍國大事豈可推託，因此也願領旨前往。仁宗見兩人領旨，心下也感安慰，當即任命狄青為正解官，石玉為副解官，擇日啟程。

兩人領旨後，忽然一個念頭閃過狄青心頭，他急忙上前稟奏：「臣啟萬歲，臣有兩名結拜弟兄，武藝高強超群，不在微臣之下，只因誤傷人命，至今身陷牢獄，如今臣既奉旨押送軍衣，不知聖上能否開恩，赦免兩人，與臣共往三關，早日達成使命，將功贖罪。」

「難得你能不忘貧賤之交，此二人如果真如你所說能為國出力，便依你所奏的吧。」仁宗笑著答應。

狄青連忙謝恩，並親自前往開封府釋放張忠、李義。胡坤看見殺死愛子的凶手一一脫身，非常惱恨，

又不解龐洪為何保薦狄青與石玉兩人，早朝後便約了孫秀一起到龐府探問消息。

龐洪早知兩人來意，笑說：「兩位一定心裡納悶我保舉狄青和石玉那兩個小畜生的原因吧？」

「太師神機妙算，什麼都瞞不了您。」

「是啊，岳父，我就是不懂，狄青既是皇親，如今聲勢又大，若是讓他再立功，我們豈不是更扳不倒他了嗎？」孫秀問出他與胡坤共同的疑問。

「立功？」龐洪不屑的從鼻子哼出一聲，冷冷的說：「只怕這兩個小畜生沒有這麼長的命。我之所以保薦他們兩人，就是要他們死在路途之中，一方面可解你我心頭之恨，另一方面讓他們死在外頭，才不會牽扯到我們。」

「看來岳父已訂下妙計。」孫秀喜形於色。

「嗯！上個月仁安縣縣官王登寫信來報，說是金亭官驛有妖魔作怪，這王登是我門生，只要我寫封信吩咐他依計行事，還怕兩個小畜生不中計？」龐洪眼露凶光，滿臉奸險。

胡坤微微皺眉，覺得有些不保險，便說：「可是聽說石玉曾收伏白蛇怪蟒，狄青又曾降伏現月龍駒和火驪駒，驛站中的妖邪不一定能傷害他們，如果不成功，

萬花樓演義

98

岂不是白白讓他們立功回朝了？」

　　龐洪冷笑幾聲，又說：「若是此計不成，我再寫信給潼關馬總兵，他由我一手提拔，必定會遵照我的指示，狄青、石玉到了潼關也非死不可。何況押送軍衣限期一個月，只要拖延他們的行程，就算真讓他們逃過兩劫，到了三關必然延誤了期限，那楊宗保耿直又頑固，加上軍令如山，他豈會讓他們活著回朝？」孫秀、胡坤大喜，連聲稱讚此連環毒計，三人相視而笑，似乎已經看見狄青、石玉死前掙扎的模樣。

　　狄青不知龐洪已經暗中設下奸謀，釋放張忠、李義後，三人正在府中吃肉喝酒，互訴別來之情，又說起押送軍衣一事，都是滿腔豪情壯志，哪裡有半點憂懼。只有狄太后聽說此事，暗自憂心不已，但聖旨既出，難以更改，她也只能祈求上天保佑，並派人前往天波無佞府向楊宗保的祖母佘太君討取書信一封，讓狄青帶在身上，若不幸發生意外，希望楊宗保能看在祖母情分上網開一面。

　　轉眼已是九月下旬，正是一行人出發之日，三十萬軍衣備妥，狄青、石玉帶著張忠、李義和三千軍士，浩浩蕩蕩的向西而行，所至州縣，均有當地官員前來迎接。一路天氣清和，行程順利，半個月後便已到達

萬花樓演義

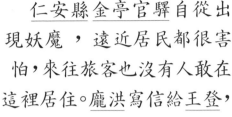

仁安縣境。

仁安縣金亭官驛自從出現妖魔，遠近居民都很害怕，來往旅客也沒有人敢在這裡居住。龐洪寫信給王登，說只要依信中指示，安排兩位欽差住進金亭官驛，保證讓他升官發財，於是王登早早派人將金亭官驛整理得煥然一新。

被蒙在鼓裡的狄青、石玉與當地大小官員一番餐敘、寒暄之後，便被安排到官驛休息，而張忠、李義與三千兵士則在營帳中歇宿。夜裡，狄青只覺得心頭發悶，閒步到庭院散心，沒想到卻看見石玉在院中望月嘆氣，便問：「夜已深沉，你不在房中休息，為何在此對月長嘆呢？」

「大哥也還沒睡？」石玉輕笑。其實他比狄青大兩、三歲，只因敬狄青身為皇親，便稱他一聲大哥。

狄青點點頭，說：「不知怎麼回事，自從進到這官驛，總覺得有些心神不寧，竟然失眠了。」

「我也是這樣覺得，所以才在此賞月！大哥你瞧，今日十月十五，月華如霜，秋涼如水，感覺十分愜意。」談話間狄青對石玉說起自己降伏現月龍駒，所

以才能與姑母相認，石玉則提起當初白蛇怪蟒擄去彩霞郡主，自己奮力從怪蟒手中救回郡主，得到勇平王的賞識，才能幸運的與郡主成婚。

兩人談談說說，轉眼已至半夜，忽然間一陣狂風吹來。狄青猛地站起，環顧四方，石玉站在他身邊，低聲的說：「大哥，這風吹得奇怪。」

「沒錯，這風帶著一股妖異之氣。瞧！又颳起風來了。」狄青抽出腰間寶劍，石玉也取出長槍，兩人同時向風起處飛奔過去。忽然一陣白光從狂風之中射出，竟跳出一個渾身雪亮、身高丈餘、長眉短口的妖人，向石玉飛撲過來。

石玉也不驚慌，拿起長槍，往妖人身上刺去。石玉靈活的甩動長槍，忽前忽後，像蛟龍一般，轉眼間，妖人已被籠罩在長槍的攻勢之下。

狄青看見石玉展現好身手，不禁喝了聲：「好！」提起長劍，正要上前相助，想不到就在此時，忽然一陣狂風颳起地上碎石，逼得狄青睜不開眼。

過了一會兒，狂風停止，狄青睜開眼，發現眼前空空蕩蕩，石玉和妖人早已不見蹤影。狄青心想：「糟了，石玉必定是被妖怪招來的狂風席捲而去。」他持劍向前飛奔，希望能將石玉追回。這時一陣白光閃過，

萬花樓演義

半空中出現一朵祥雲，一人站在雲上，衣袂飄飄，仙風道骨，相貌莊嚴。

「狄青，石玉已被仙人解救，所以你不用再追了。」

「你是何方妖魔？敢在本官面前裝神弄鬼！」

「狄青，我是北極玄天真武大帝，因知你今日到此，特地前來與你相會，另外還有兩件法寶要交給你，將來保疆衛國、平定西戎，就靠這兩樣法寶。你要謹慎收藏，不得輕視怠慢。」他手中金光一閃，一個小葫蘆和一張金色面具從半空中緩緩落下，飛入狄青懷中。

真武大帝見狄青手持二寶，臉色驚疑不定，接著向他解說：「這張面具是『人面金牌』，有些西夏猛將前世是妖孽，所以凡間的武器都不能傷害他們，你只要戴上這張面具，口誦『無量壽佛』，兩軍交兵時，便可收伏他們。另外，這小小葫蘆之中，藏有三支七星箭，如逢勁敵，危急時發出一箭，箭勢快捷如風，百步穿楊，敵人自當束手就擒。」

得了兩件法寶的狄青，不禁喜出望外，向著真武大帝拜了三拜。但他擔憂石玉的情況，忍不住問：「請問聖帝，石玉這樣匆匆離去，不知是吉是凶，能否讓我知道呢？」

「別擔憂，你們將來會再重逢的。」說完，真武大帝升起祥雲，光華冉冉而去。可是原本正副欽差一起行動，現在副欽差突然失蹤，要怎麼向聖上解釋呢？想到這裡，狄青不由得暗暗發愁。

狄青心情鬱悶的回到官驛，越想越覺得奇怪，便仔細打量起官驛擺設，忽然發現比起其他地方的官驛，金亭官驛顯得太過整潔新穎，倒像是故意要掩飾什麼，難怪他一進官驛便覺得不對勁。狄青略一沉吟，傳令眾人，說明石玉已被妖怪抓走，並下令捉來仁安縣令。

一大清早被捉拿到官驛，王登早嚇得魂不守舍，只聽狄青大喝：「狗官，你好大的膽子，明知官驛有妖怪作祟，居然知情不報，還安排我們歇宿，如今副欽差被妖怪抓去，下落不明、吉凶難測，你該當何罪！」

「啟稟欽差大人，此官驛從來就沒有妖怪，下官縱使有天大膽子，也不敢謀害兩位欽差啊！」王登驚慌失措的跪倒在地，渾身顫抖。

「事到如今，你還敢狡辯！」狄青虎目一瞪，凜

凜生威，怒喝：「你既不肯招認，那就視你為主謀。來啊！刀斧手伺候！」左右衛士上前扭住王登，並除去他的烏紗、蟒袍。

王登嚇得魂魄飛天，不停磕頭求饒：「欽差大人饒命啊！是……是龐太師來信指示，要害兩位欽差性命，下官官卑職小，只是依命行事啊！」

狄青一聽，果然和他所猜想的一樣，恨恨的暗罵：「龐洪，又是龐洪！」看王登跪在堂下抖個不停，便冷冷的說：「你說你官卑職小，只是依命行事，但你若心地正直，拚著烏紗帽不戴，也不該做出這種不義之事，可見你本心不正，也該處罰。」

「大人，是下官一時豬油蒙了心，如今早已後悔，求大人開恩！」王登叩頭不已，模樣相當可憐。

狄青心生不忍，而且也必須留他做個證人，將來才能與龐洪對質，便說：「本官皇命在身，不能耽擱。縣令王登立即革職，交由府官看守，其餘文武官員繼續訪查副欽差下落，等本官回朝，再奏請聖上發落。」

相關事宜交代完畢，狄青立即啟程。過了潼關，再向邊疆前進。狄青與張忠、李義三人都想，當初四人一同離京，如今損失一人，心中總感覺不祥，不知往後路途還有什麼危險，還是早點到達三關才安全。

三人滿懷心事，沿路無話。<u>張忠</u>覺得氣氛沉悶，忍不住呼了一口長氣，抬頭望望天色，卻看見一朵烏雲在半空中忽上忽下，總是緊緊跟隨著<u>狄青</u>，他心裡覺得怪異，便說：「大哥，你瞧頭上這朵雲這麼古怪，緊緊跟著我們，不知是什麼緣故？」

「二哥說的是，這雲十分奇怪，莫非是一朵妖雲？」<u>李義</u>想到<u>石玉</u>的事，隨口猜測。

<u>狄青</u>看了烏雲一眼，淡淡的說：「管它是什麼妖物，讓我來賞它一箭！」立即彎弓搭箭，對準烏雲，「嗖」的一箭射出，只見箭若流星，急速的向那朵烏雲飛去。箭勢去得快，那朵烏雲忽然飛高，轉眼不見蹤影。<u>狄青</u>射不到它，心中雖然納悶，卻也不太在意，眼看天色將晚，便下令在一片平坦的土地上紮營。

士兵們連忙設帳安營，埋鍋造飯，<u>狄青</u>則四處巡邏。轉過山岡，<u>狄青</u>望見遠處燈火輝煌，原來是一處市集。在市集的左側有一間酒店，店主人正在分裝自釀美酒，順著晚風吹來，<u>狄青</u>聞到濃濃酒香，而酒香之中似乎又隱隱有一股熟悉的味道。

<u>狄青</u>受不了酒香的誘惑，忍不住走進店中，叫店家送來美酒佳

餚。<u>狄青</u>自斟自飲，十分愜意，飲了四、五杯後，抬眼忽見酒店角落坐著一個婦人，大約二十三、四歲，臉上略施脂粉，面貌姣好，正直勾勾的盯著他瞧。<u>狄青</u>眉頭一皺，覺得婦人十分無禮，竟目不轉睛的盯著陌生男子看。誰知婦人見他皺眉，竟不羞怯，也不轉開眼，反而更是呆呆的望著他。

　　<u>狄青</u>礙於男女有別，便轉過頭去，不願與她眼神相向。誰知婦人見他轉頭，竟派了酒保前來問自己的姓名、年紀以及家世。<u>狄青</u>看婦人長得端莊文靜，不像是水性楊花之人，心想其中必有原因，便照實告訴酒保，讓酒保前去回覆。想不到婦人一聽，居然眼眶含淚，急急忙忙回到廂房中請出一位老婦人。<u>狄青</u>仔細一瞧，猶如頭上打了個響雷，愣愣的不能言語。老婦人望了<u>狄青</u>幾眼，不禁老淚縱橫的哭喊出聲：「我的兒啊！」原來老婦人竟是在洪水中與<u>狄青</u>失散的母親<u>孟氏</u>，而那名婦人則是<u>狄青</u>的姐姐<u>狄金鸞</u>。

　　回神後的<u>狄青</u>拋下酒杯，雙膝跪地，哭著說：「母親！姐姐！這一切難道是夢嗎？」

　　<u>孟氏</u>心情激動，哭得連話都說不出，<u>狄青</u>連忙安慰。<u>狄金鸞</u>輕輕為<u>孟氏</u>擦去眼淚後，才轉身拭淚，笑說：「今日一家團圓，我們應該高興才是，母親可別再

哭了。」

孟氏點點頭，拉著狄青問：「孩子，這些年來你究竟在哪裡？快說給娘知道。」狄青將分別後的遭遇一五一十的說了，聽得狄家母女嘖嘖稱奇，再聽到多年來以為早已過世的姑母，如今竟貴為太后，更感到不可思議。

三人談得正開懷，狄金鸞的夫婿張文剛好回來。張文見狄青少年高官，不停的稱讚，但是當他聽見狄青奉旨押送軍衣時，臉色不禁一變。狄青注意到張文臉色變化，便開口問：「姐夫剛才神色有異，難道有什麼地方不對勁嗎？」

張文微微一笑，反問：「你一路前來，有沒有遇到什麼怪事？」

狄青說出官驛遇妖以及詭異烏雲等事。張文靜靜聽完後，笑說：「兄弟，那可不是什麼烏雲，那是一個奉命取你性命的人。」

原來狄青等人所看到的烏雲，其實是潼關守將馬應龍手下的一名參將劉慶。劉慶武藝不凡，又曾得到高人傳授騰雲法術，他若駕起「蔕雲帕」，便可騰空而上，來去如飛。當日馬應龍接到龐洪書信，想要謀害

萬花樓演義

狄青的性命，但又顧忌潼關乃是自己所管轄的地區，欽差在此遇刺，日後難免受到牽連，因此便派劉慶出馬，等狄青過了潼關之後，再下手害他。想不到劉慶飛在半空中，看到狄青頭冠沖起兩道虹光，讓他的大刀怎麼也砍不下去。原來狄太后愛護狄青，因此將一對玉鴛鴦安放在他頭盔之中，這玉鴛鴦乃是曠世異寶，帶在身上，閃閃霞光，直沖天際，可以避妖邪、擋刀槍。因此劉慶幾次下手，都不能成功，反被狄青射傷左腿。後來看見狄青進入酒店，便來找張文商量，希望張文能趁機灌醉狄青，他再伺機殺害狄青。

　　狄青聽了這話，勃然大怒，大喝：「這龐洪如此奸惡，竟設下重重陷阱，要害我的性命！那劉慶在哪裡？這種奸佞小人，必不能饒。」

　　「你先別生氣，這劉慶雖然想要害你，但這並不是他的本意，他只是想圖個高官來做，一時走錯了路。況且他武藝高強，又有騰雲法術，你不如將他收伏，日後或許幫得上你們的忙。」

　　狄金鸞心裡不安，便問：「若劉慶不肯降伏，那該如何是好？」

　　「我已盤算妥當，我們將他騙來捉住，藏起他的蓆雲帕，我再對他曉以大義，相信他看在與我多年交

情的分上，一定會同意的。」張文說得十拿九穩。

　　「既然如此，便依姐夫的意思吧。」狄青聽張文說得有理，又見他信心十足，便決定依張文的計畫行動。

　　當夜劉慶到來，張文騙他已將狄青灌醉，拉著他喝酒慶功，劉慶不疑有他，酒到杯乾，轉眼喝得醺醺然，趴在桌上昏昏睡去。張文便取粗繩將他緊緊綑綁，等到劉慶酒醒之後，見到張文與狄青站在眼前，不禁呆了。張文向他剖析利害關係，劉慶沉思了一會兒，便決定投效狄青。然後他請狄青押送軍衣先行上路，以免誤了限期，等他將一家大小安置妥當，再立刻趕上隊伍。

第八章　軍　功

　　張忠、李義因狄青一夜未歸，心中著急，正在四處尋找時，卻看見狄青滿臉喜色的回營，一問之下，才知他與母親、姐姐重逢，心中都為他歡喜。李義萬分欣悅，哪裡還記得押送軍衣的任務，想也不想就脫口而出：「大哥，既然您與母親重逢，我們也該前去拜見才是，不如現在就去吧？」

　　「三弟，你也太魯莽了。照理說是該前去拜見沒錯，但我們有皇命在身，若是誤了限期，可是要殺頭的，難道你想殺頭不成？」張忠較為冷靜，連忙提醒。

　　狄青見張忠、李義真誠為他感到歡喜，覺得分外窩心，笑說：「二弟說的沒錯，眼前還是以押送軍衣為重，至於拜見我母親的事，等到了邊關交卸軍衣後，你我兄弟三人再一同前去。」

　　三人說話間，眾軍士早已拔營，列隊在旁等待，狄青跨上現月龍駒，下令啟程。誰知天有不測風雲，午後天上烏雲密布，大吹北風，沒多久已是天昏地暗，

細雨又不停的下。如此一連四、五天，都是寒風夾著細雨，趕起路來分外辛苦。又過一日，風勢更強，細雨之中甚至夾雜雪花，遍地結霜，土地溼滑，軍士們不禁叫苦連天。

　　狄青算算時日，離限期只剩下三、四天，若是繼續趕路，必能在期限之內到達，但天候苦寒，風雪漸大，軍士們早已苦不堪言。狄青心中不忍，便對張、李二人說：「今日風雪太大，路途難行，我們在此紮營，你們覺得如何？」

　　張忠左右張望，皺著眉頭，說：「此處雖然平坦，但四面蕭瑟，毫無遮蔽，只怕難擋風雪，還是另尋其他地方才好。」

　　「那麼你們和部隊在此稍待，我騎快馬去尋找安穩之處。」

　　兩人點點頭，異口同聲的說：「大哥快去快回。」

　　狄青滿心憂慮，只想儘快找到駐紮之處，所以一上馬就命令現月龍駒急速前進。由於現月龍駒是天上赤龍所變化，認真奔跑起來可以日行千里，所以只是

短短時間，牠已跑出二十多里，狄青還以為只跑了四、五里地而已。眼見前方有一座寺院十分廣大，正好可以當作紮營之地。狄青大喜，正想上前查看，忽然從寺裡走出兩個四十歲左右的僧人，向著狄青說：「狄大人，師父知道您今日必會光臨，特命我們在此恭候，請到裡面與師父沖茶敘話。」

狄青納悶這些和尚怎麼知道他今日會到，但想到他若要在此紮營，總須向寺中住持打個招呼，因此也不多問，便跟著兩位僧人進入寺院。才剛進去，就有一個老和尚上前迎接，只見他臉色黑如烏金，鬚眉花白，但雙目澄清，炯炯有神，渾身不見半點塵世氣味，絕非一般凡俗之人。狄青恭恭敬敬的向他行了個禮後才說明來意。

誰知道話才說完，那和尚微微一笑，搖頭說：「不須借地了，你三十萬軍衣如今都已失去，哪裡需要率軍來此安頓？」

「三十萬軍衣都在兩位兄弟看顧之下，我離開不過片刻，怎麼可能會轉眼間全部失去呢？」狄青大驚失色，不相信老和尚的話。他哪裡知

道部隊暫駐之處是在磨盤山下，山上有一窩盜匪聚集，盜匪首領是牛健、牛剛兩兄弟。這兩人一向與孫秀之弟孫雲有來往，之前接到孫雲的書信，說與狄青有仇，希望他們趁狄青不注意，奪走他押送的物品，信中還謊稱狄青押送的物品中有許多金銀財寶，如果搶奪成功，一切財物都給他們。兩名盜匪見錢眼開，一知道狄青離開，便各帶五千名嘍囉下山搶奪。牛氏兄弟非常凶悍，加上盜匪數量又多，張忠、李義等人抵擋不住，三十萬軍衣便都被劫走了。

　　失了軍衣的張忠、李義萬分惶恐，連忙重整軍隊，找地紮營。兩人相對發愁，商量之後，決定分頭去尋找狄青。但還沒找到狄青，卻先遇到楊宗保派來催趕軍衣的先鋒官焦廷貴，張、李二人暗暗叫苦。焦廷貴是個直爽魯莽的漢子，聽說軍衣被磨盤山盜匪搶走，氣得把盜匪臭罵一頓，卻也想不出什麼可行的辦法，三人吵嚷了一會兒，最後仍是決定先找到狄青再做打算，便兵分三路，分頭找尋。

　　聽著和尚說著軍衣被劫的前因後果，狄青心裡又疑又驚，雖然老和尚神神祕祕的說失去軍衣是逃不掉的劫難，最後軍衣還是會完整回到身邊。但他心中依舊憂慮，連忙向和尚告辭，騎著馬原路趕回。回到先

前部隊暫駐之處，果然一片狼籍，別說軍衣，就連三千軍士也全都不見蹤影。

狄青渾身如入冰窖，勉強定了定神，騎馬四處看了一圈，卻不見任何一人。狄青心中大怒，恨恨的罵了聲：「狗強盜！」一夾馬腹，就想騎馬衝上磨盤山，踏平山寨，將軍衣搶回。

才駕馬騎出不到數里，他便看見前方有一名高大的男子，倒拖一根銅棍，在路上大搖大擺的走著。狄青看那人一張黑臉，生得面貌凶惡，心裡猜想他應該也是強盜一夥，立即上前攔住，大喝：「大膽強盜，劫我軍衣還敢在此逍遙，本官勸你束手就擒，帶我去拿回軍衣，或許還可饒你一條狗命！」

那人見狄青一身金盔、金甲，手持金刀，騎在現月龍駒之上，顯得相當威武，又聽他問起軍衣，心念一動，問：「你是押送軍衣的正欽差狄青嗎？」

「狗賊！你既然認識本官，還不下跪投降！」狄青將金刀指向那人，蓄勢待發。

那人嘿嘿一笑，連連搖手，說：「欽差大人，你可

萬花樓演義

別動手，我是楊元帥麾下先鋒官焦廷貴，不是強盜！」

「你說你是先鋒官，有何憑證？」狄青金刀不動，懷疑的瞄他幾眼。

焦廷貴從懷中拿出將軍令牌，說明自己奉元帥命令，前來催趕軍衣，接著又問：「依欽差大人剛剛的意思，難不成是想單槍匹馬到磨盤山上去將軍衣搶回嗎？」

「本官正有此意！」狄青將金刀一擺，一副自信滿滿的模樣。

「可是如果我猜的沒錯，恐怕那批強盜現在已不在磨盤山了。」

狄青詫異的問：「此話怎講？」

「剛才我從三關過來，看到磨盤山上火光沖天，奔上去一看，盜匪們毀寨逃走，已經不見蹤影了。」

「他們既然搶奪了軍衣，為何要毀寨逃走？」狄青不解。

「依我看來，他們之所以出手搶軍衣，肯定是聽說裡頭有金銀財寶，哪裡知道搶回去之後發現只有軍衣，什麼金銀財寶、珍珠瑪瑙通通沒有。而軍衣又是軍中必要之物，楊元帥知道被劫，肯定點兵將來攻山，到時他們便性命難保，不如先毀寨溜了。我猜他們肯

定是逃到大狼山，投奔西夏守將贊天王、子牙猜去了。」焦廷貴轉著銅棍，搖頭晃腦的說著。他雖然莽直，但這番猜測居然猜了個八九不離十。

磨盤山眾盜匪劫回軍衣，發現受騙，不禁大罵孫雲，又想起楊宗保威勢，生怕他率兵攻寨，因此急忙帶著三十萬軍衣，往大狼山去了。

「既然如此，那麼我就去大狼山，直搗黃龍，非得奪回軍衣不可。」

焦廷貴聽了這話，連忙搖手，說：「狄大人快別打這主意，那贊天王、子牙猜是西夏有名猛將，楊元帥征戰多年都難以取勝，更何況大狼山上還有十萬精兵，你一個小小少年，怎麼搶回軍衣？」

狄青冷哼一聲，說：「焦先鋒可別小看了本官，我今日非殺贊天王、子牙猜，並將軍衣奪回不可。只是如果殺了番將、奪回軍衣，還請焦先鋒在楊元帥面前幫我討情，讓本官將功折罪。」

焦廷貴笑呵呵的說：「你如果有本事殺得了這兩名番將，就算沒搶回軍衣，元帥也不會怪責。這樣吧，我和你一同去大狼山，我倒要看看你有沒有本事殺那番將。」

兩人立刻趕往大狼山，只見山上旗幟飄飄，刀如

萬花樓演義

擁林、銀槍似雪，威勢驚人。
焦廷貴低聲問：「怎麼？看到
這等聲威，你還敢誇口說要上
山討軍衣嗎？」

狄青瞄了他一眼，冷冷
的說：「正要讓你見識本官手
段！」說完，他一提馬韁，駕
馬向前馳騁，口中大喝：「贊天王、子牙猜，大膽番
賊，竟敢奪我軍衣，快將軍衣送還，我便不再追究，
否則我立刻殺上山去了！」

話聲響徹山林，大狼山上群情聳動，贊天王聽說
有一名自稱狄青的宋將前來討戰，冷笑一聲，隨即單
槍匹馬出戰，在山頭勒馬站定。狄青仰頭一看，只見
眼前大漢身高一丈有餘，生得寬口大額、臉如烏金、
眼珠碧綠，手持一支流星錘，相貌著實嚇人。然而狄
青並不懼怕，立刻拍馬上前，贊天王見狄青衝來，拋
出流星錘，狄青金刀一挑，避過一招，連忙轉身一砍，
贊天王一錘擊出，將金刀來勢擊偏。

一輪攻守既過，狄青已知兩人功力不相上下，不
免懊悔自己太過自大，如今一個贊天王已難取勝，更
何況大狼山上還有其他猛將。但眼前騎虎難下，只得

奮起全力，與贊天王廝殺起來。

　　焦廷貴只見金刀、流星錘此來彼去，兩人在山坡上激戰不休，轉眼已經交手數百招。狄青畢竟年輕，久戰不勝便焦躁起來，忽然想起前些時候真武大帝所賜的法寶，心想不如試試，便從懷中取出葫蘆，對準贊天王，口念法訣。沒想到才剛念誦完畢，就見一道銀光從葫蘆口激射而出，在贊天王身邊繞了一圈，忽然幻作千百道銀光，只聽得嗖嗖連響，銀光全數射向贊天王，贊天王禁受不住，摔下馬來，當場斃命。

　　焦廷貴從藏身之處弁出，先砍下贊天王首級，裝進布袋，才跑到狄青身邊，笑著說：「狄大人，你早說你有這等神奇戲法，我也用不著在一邊擔心了！」

　　兩人說話之間，子牙猜得知狄青殺死贊天王，便帶領一萬番兵殺下山來。狄青只見一名高瘦番將手執金楂槊，一馬當先而來，便立刻奮起金刀，與他鬥了起來，兩人各展絕藝，殺得大狼山塵土飛揚。

　　狄青與贊天王才剛打完，氣力尚未恢復，而子牙猜的功力與贊天王差不多，狄青眼見抵擋不住，趕緊舉金刀隔開子牙猜，旋馬轉身，取出人面金牌戴上，口誦：「無量壽佛。」話一說完，眼前金光閃爍，半空中霹靂連響，子牙猜忽然一陣暈眩，「啊」的一聲，七

孔流血，跌下馬來。<u>焦廷貴</u>連聲歡呼，衝上前去，又將<u>子牙猜</u>的首級砍了下來。

<u>大狼山</u>上十萬番兵看見<u>狄青</u>連殺兩名猛將，嚇得驚駭不定，立刻傾巢而出，將<u>狄青</u>團團圍住。<u>狄青</u>奮起金刀，連殺數百名番兵，但番兵有如浪潮一般，層層湧向<u>狄青</u>，讓他無法殺出重圍。<u>焦廷貴</u>見<u>狄青</u>應當還能支撐一段時間，拿起兩顆人頭便撒腿狂奔，他想先回三關報告<u>楊宗保</u>，好讓<u>楊宗保</u>率領援軍前來相救。

眼見情勢危急，<u>狄青</u>奮起全力，金刀橫掃，數十名小兵立即身首異處。現月龍駒見主人身陷險境，高聲嘶鳴，把<u>西夏</u>凡馬嚇得紛紛跌撲倒地。番兵後退數步，<u>狄青</u>連忙趁此機會，金刀左右連掃，殺出重圍。

<u>西夏</u>將軍看見<u>狄青</u>逃脫，卻也不敢追擊，只留下一萬兵士守寨，便率領大隊人馬，投往<u>八卦山</u><u>伍鬚丰</u>元帥，決意點起大軍，叩關攻擊，一定要<u>楊宗保</u>交出<u>狄青</u>。

<u>狄青</u>奔下山後，看不見<u>焦廷貴</u>的蹤影，心想自己雖失軍衣，所幸已殺死<u>西夏</u>兩名大將，應該可以將功贖罪，不如先到三關向<u>楊宗保</u>說明來龍去脈，再去將軍衣搶回，或許可以彌補過失。

回到原先駐紮之地，<u>狄青</u>沿路呼喚<u>張忠</u>、<u>李義</u>的

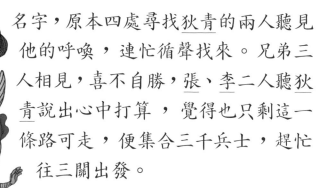

名字，原本四處尋找<u>狄青</u>的兩人聽見他的呼喚，連忙循聲找來。兄弟三人相見，喜不自勝，<u>張</u>、<u>李</u>二人聽<u>狄青</u>說出心中打算，覺得也只剩這一條路可走，便集合三千兵士，趕忙往三關出發。

部隊到達三關時已經超過期限一日，<u>狄青</u>吩咐<u>張忠</u>、<u>李義</u>與軍隊駐紮在外，自己帶了批文去面見<u>楊宗保</u>。帥帳中，<u>楊宗保</u>一身戎裝高居帥座，座下左邊坐著一員武將，名喚<u>楊青</u>；右邊則是一名文官，乃是天下知名的<u>范仲淹</u>。<u>狄青</u>恭敬的呈上批文，向<u>楊宗保</u>行禮：「元帥，正解官<u>狄青</u>晉見。」

<u>楊宗保</u>笑說：「<u>狄</u>大人不必多禮。」他低頭看了看批文，問：「怎麼不見副解官<u>石</u>大人？」<u>狄青</u>將金亭官驛之事照實稟報，<u>楊宗保</u>忍不住感嘆，才說：「<u>狄</u>大人

遠道而來，一路辛苦，雖然遲了一天，所幸並未辱命，請先到營中休息，本帥會另外派人分發軍衣。」

狄青聽了這話，只好將軍衣被劫一事說出。楊宗保聽完臉色大變，就連楊青、范仲淹都是一臉詫異。楊宗保面色嚴峻的怒喝：「你……你是說你不但遲了一日，還將全部軍衣盡皆丟失了！」

「元帥，軍衣被磨盤山上盜匪所劫，此刻在大狼山上，因此──」狄青正想請命去搶回軍衣，誰知楊宗保早已怒不可遏，右手重重在桌上一拍，大喝：「大膽狄青，你負責押送三十萬軍衣，竟將軍衣全數丟失，分明是懈怠偷安，有辱皇命，來啊！將狄青押下去斬了！」

楊宗保軍令一下，便有兩名刀斧手上前綑綁狄青，拿下他頭上金盔，就要將他押出帥營斬首。狄青高聲大喊：「且慢！元帥，狄青雖然丟失軍衣，但另有大功可以將功抵罪。」

「元帥，他既說他立有大功，不如聽他說說是什麼功勞，看是否足以抵罪，再作定奪。」范仲淹早已收到包拯、韓琦的來信，請託他在楊宗保面前多多照看狄青，這原本只是舉手之勞，哪裡知道狄青竟會丟失軍衣，如今他所能做的，只是讓狄青把話說清楚，

看看是否還有活命的機會。

楊宗保怒氣難消，說：「丟失軍衣是何等大事，任憑他有天大功勞，也不足以抵銷此罪，來啊，押下去斬！」

狄青眼見楊宗保不念軍功，情急之下，忍不住說：「元帥，若說丟失軍衣，我理該依法處決，但說起此事，元帥也難辭其咎！」

「狄青，你丟失三十萬軍衣，還敢在本帥面前放肆！你不要自以為身為皇親，本帥便會怕你三分，在本帥軍令之前，從來無人可以例外！」楊宗保面色一冷，更是怒火中燒。

「無人例外最好！元帥，磨盤山乃在元帥所管轄的三關範圍之內，如今在元帥任內，放任盜匪橫行，才會劫去我所押送的軍衣，我丟失軍衣有罪，元帥縱容盜匪，未盡到安定地方之責，難道就能無罪嗎？」狄青一番言語，竟說得楊宗保一時無話可答。

范仲淹連忙出來打圓場：「此事暫且不談。狄青，你說你有功勞可以折罪，趕快說來聽聽。」

「我收伏西夏猛將贊天王、子牙猜二人，難道不

是軍功嗎？」<u>狄青</u>挺起胸膛，大聲將功勞說出。哪知此話一出，不僅<u>楊宗保</u>面色怪異，就連<u>范仲淹</u>、<u>楊青</u>也是一臉訝異。一時之間，眾人面面相覷，帥帳中氣氛詭譎，暗潮洶湧。

萬花樓演義

第九章 冒 功

　　狄青見三人臉色古怪，還以為三人驚得呆了，哪知楊宗保的臉越漲越紅，怒火更熾，指著他大罵：「大膽狄青！贊天王、子牙猜明明是五雲汛守備李成父子所殺！你丟失了軍衣，胡亂牽連本帥，現在竟然還敢冒認他人軍功，企圖脫罪！如此居心，無恥至極，來啊，將他拿下正法！」

　　「楊宗保！你膽敢抹煞我軍功！」狄青聽楊宗保如此謾罵，也動了怒，指著楊宗保罵：「枉費你一門忠烈，如今竟也與朝中奸臣串通，買通磨盤山強盜劫我軍衣，再將我的軍功抹去，想要害我性命，哼！你還敢自稱是天波無佞府子孫嗎？」

　　「狄青，你罪惡滔天，還敢毀謗本帥！」狄青這幾句話，把楊宗保氣得差點昏倒，他咬牙切齒，一字一字的說：「來人！拖出去斬！」

　　「楊宗保，你既然要殺我，須先將贊天王、子牙猜兩人首級還我！」狄青怒目看著楊宗保，伸手向他

討取。

　　楊宗保怒極反笑，冷哼：「死到臨頭，還在胡言亂語，你哪有什麼首級交給本帥？」

　　「堂堂一個大元帥，居然如此不知羞恥，我明明讓焦廷貴先將兩顆首級送到營中，現就掛在轅門之上，你還敢不認嗎？」狄青講到了關鍵，在場三人均覺事有蹊蹺。

　　楊宗保與范仲淹、楊青對望一眼，心知有異，不由得怒火漸消，揮手讓刀斧手退去，說：「狄青，你說你殺了贊天王、子牙猜，你將當時情況細細說給本帥知道。」

　　狄青也不管楊宗保態度為何忽然改變，氣憤的將整件事情一一說明，說得怒從心起，忍不住又將楊宗保罵了幾句。

　　楊宗保聽狄青說得在情在理，細節關鍵清楚分明，又想焦廷貴數日前領命去催討軍衣，至今尚未回營，整起誤會或許就從這裡開始，如此一來，冒認軍功者難道是李成父子？但首級分明是李成父子拿來，又怎可因狄青一面之辭就怪責二人，楊宗保思來想去，一

時無法做決定。

范仲淹處事明快，便對楊宗保說：「元帥，焦先鋒是此事的關鍵人物，但卻至今未回，不如先將狄大人救回，等焦先鋒回營，再做打算，另一方面，元帥也可派人去調查李成父子所說的是否屬實。」

「嗯，就依范大人的建議。」楊宗保點點頭，接著對狄青說：「狄青，你說贊天王、子牙猜是你所殺，但今天五雲汛守備李成父子二人，手持兩將首級前來領功，說是在昨日夜裡，趁兩人酒醉，無人保護時將兩人殺死，你敢與他們對質嗎？」

「哼！我狄青頂天立地，這種冒功的小人，也配讓我去跟他們對質？憑他二人能耐，別說是趁二番酒醉，就算是在酣睡之中，那小小守備恐怕也殺不了他們。」

楊青一直不發一語，到此時才說：「嗯，這也說得有理，習武之人向來警覺性高，贊天王、子牙猜如此勇猛，就算酒醉了，恐怕也很難靠近，更何況李成父子說兩人酒醉到五雲汛上尋歡，現在想來，確實不通。」

「那請各位先回帳休息，此事等焦先鋒回營再商議。」楊宗保心中已信了狄青八成，因此不將他監禁，

反而派人去監視李成父子，以防他二人聽到風聲逃跑。另外又派人分頭去找焦廷貴，並調查昨夜五雲汛是否真有贊天王、子牙猜酒醉尋歡的事情。

隔天中午，楊宗保已經查明前夜五雲汛並沒有醉漢夜行之事，因此擊鼓升堂，審問李成父子。

突然一個黑臉大漢從帳外衝進來，抓起李成父子便打下去，李成父子一看是焦廷貴，嚇得魂飛天外，只聽焦廷貴口中怒罵：「混帳王八，敢用蒙汗藥麻翻我，還把我五花大綁，沉到水窖裡，當我是活王八嗎？現在還敢來冒認軍功，也不撒泡尿照照，你們那尿德性，認得了這軍功嗎？老子打死你們兩個不知死活，又不長眼的狗官！」說著一陣拳打腳踢，打得兩人抱頭喊冤。

「焦先鋒，住手！你將事情經過一一說來。」楊宗保知道焦廷貴莽直，只怕將兩人打死了，連忙出言阻止。

焦廷貴恨恨的又踢了兩人一腳，才仔仔細細的將連日來發生的事娓娓道出，說到緊張之處，還比手畫腳，在帥帳內滿場飛舞。原來李成父子本只是五雲汛上的小小守備，那日焦廷貴在大狼山上見狄青被圍，拿了首級連忙要下山回營求援，哪知經過五雲汛時酒

萬花樓演義

癮犯了，又想天色已黑，要搬救兵也已來不及，乾脆就近到五雲汛去找酒喝，正巧在酒店中遇上李成父子。焦廷貴是先鋒官，軍階在他們之上，李成父子哪敢怠慢，馬上叫來酒菜款待。飲酒之間，李成問起焦廷貴袋中之物，焦廷貴便吹牛說是他斬下的番將首級，李成聽了不禁動了壞心，心想若害死焦廷貴，將首級偷了去獻功，必定能加官晉爵。

　　兩人主意已定，更是殷勤勸酒，甚至還在酒中加了蒙汗藥，等焦廷貴醉倒之後，本想將他一刀砍死，誰知兩人膽小，不敢動刀，便將焦廷貴丟到水窖之中，拿了首級連夜趕來冒功。他們兩人也知道自己的能力普通，若說是對戰之中斬下首級，一定沒有人會相信，所以編出贊天王、子牙猜兩人酒醉夜行，被二人趁機殺死的謊言。哪知焦廷貴居然沒淹死在水窖中，更沒想到這軍功也不是焦廷貴立下，如今被逮到堂前，二人不禁悔不當初。

「李成，你還有什麼話說？」
　　李成心中雖然恐懼，但轉念又想，首級是由自己手中獻出，他若抵死不認，對方又無憑無據，或許還

有活命的機會，因此只是不停的喊冤。

　　焦廷貴見二人不肯認罪，倒像是他冤枉了他們，氣得提起拳頭，又想上前痛打他們一頓。范仲淹將他攔住，問李成父子：「你們說首級是你們砍下的，那麼番將的身軀現在在哪裡？」

　　「這……」李成被范仲淹這麼一問，不禁語塞，頓了一下，連忙說：「他二人原有四個隨從同行，已經將身軀搶去了。」

　　「喔？你剛才明明說他們雪夜獨行，無人保護，如今怎麼又冒出四個隨從？若有隨從，你們連賊將身軀都搶不下來，又如何砍下首級？」范仲淹指出破綻，步步進逼。

　　李成直冒冷汗，只是巧言狡辯。楊宗保見他還在逞口舌之利，拍桌大罵：「好個狗奴才！若不用刑，本帥看你是不會招的！」就在楊宗保伸手拿取令箭，正要用刑時，帳外突然戰鼓大響。隨後有軍兵來報告，說西夏元帥伍鬚丰，帶了大、小孟洋，率領三十萬大軍來到城外，指名向狄青討戰，要報贊天王、子牙猜之仇。

　　楊宗保聽了報告，便問：「李成，如果是你們殺了贊天王、子牙猜，為什麼伍鬚丰不找你們報仇，卻指

名向<u>狄</u>大人討戰呢？」

「元帥，這緣故卑職不知，或許<u>狄</u>大人另有得罪<u>伍鬚丰</u>之處，但這份功勞確實是卑職父子立下的。」

「到此時還在狡辯！」<u>楊宗保</u>狠狠的瞪了兩人一眼，正要下令懲戒，又有軍兵報告，說<u>西夏</u>兵又來討戰。<u>狄青</u>聽見，起身說：「元帥，番賊如此猖狂，小將請令出戰，定與番賊見個高下！」

沒想到<u>楊宗保</u>卻說：「<u>狄</u>大人，你說你在<u>大狼山</u>殺了贊<u>天王</u>、<u>子牙猜</u>，<u>大</u>、<u>小孟洋</u>必然認得你。今日我先派<u>李成</u>父子出戰，若你所說屬實，<u>大</u>、<u>小孟洋</u>見來人並非<u>狄</u>大人，必定還要指名討戰，如此一來，豈不是真相大白了嗎？」

<u>李成</u>父子聽了，嚇得三魂七魄轟去了二魂六魄，但在<u>楊宗保</u>軍令之下，只好領軍出城，<u>焦廷貴</u>、<u>狄青</u>各自領兵在後，遠遠跟隨。

這時兩軍對陣，<u>李成</u>父子見<u>伍鬚丰</u>神威凜凜，早嚇得屁滾尿流，哪敢上前交手。只聽見<u>伍鬚丰</u>大喝一聲，<u>李成</u>父子轉身便逃，<u>焦廷貴</u>在後面看見，騎馬上前抓住兩人，交給軍官看守後，帶領一萬精兵上前衝殺。<u>狄青</u>見<u>焦廷貴</u>出陣，一夾馬腹，領兵兩萬從右方進攻。一時之間，兵馬喧譁，殺伐之聲不絕於耳。

萬花樓演義

狄青騎在現月龍駒上，一
把金刀揮舞開來，如入無人之
境，突然「鏗」的一聲響，
在連殺了數百名西夏兵卒
之後，終於有人擋得他一
招。他抬眼望去，只見一
人紅鬚三眼，比自己還高
出四尺，一條丈餘長的鋼鐵

金鞭捲住他的金刀，此人正是伍鬚丰。狄青抽回金刀，
奮起右臂，便往伍鬚丰腰間砍去。伍鬚丰見狄青變招
奇速，也萬分訝異，金鞭猛力揮出；狄青見金鞭來勢
猛惡，只好再抽回刀自救，哪知金鞭像是活的一般，
竟硬生生轉了個彎，直往狄青腦門擊來。千鈞一髮之
際，狄青右足一蹬，凌空躍起，金鞭擊了個空。狄青
一個翻身，又穩穩的坐回現月龍駒背上，宋軍將領在
城牆上看見了，無不大聲喝采。

　　伍鬚丰見狄青反應如此靈敏，憤怒大吼，接著運
起金鞭，舞得滴水不漏，同時騎馬向前。鞭長可以及
遠，狄青金刀較短，在兵刃上吃了虧，只好連連閃避
金鞭的攻擊，趁一個喘氣的片刻，狄青取出人面金牌
戴上，口誦：「無量壽佛。」接著空中雷鳴連響，現出

一道金光，伍鬚丰立刻八竅流血，倒在馬下。一旁看見的焦廷貴連忙飛馬搶上，一刀將伍鬚丰首級砍下，笑著說：「狄大人變的好戲法！」

大、小孟洋一見元帥戰死，怒氣大發，一持大斧，一提長槍，飛馬奔來，口中大喝：「狄青，納命來！」兩人來得凶狠，狄青面戴法寶，口誦「無量壽佛」，一時金光閃閃，霹靂隆隆，兩人七孔流血，同時墜馬。焦廷貴又將兩人首級砍下。西夏兵見主帥慘死，全都嚇得四散逃奔。

狄青在兩軍陣前大顯神威，收伏贊、子二番的軍功究竟應該歸屬誰，此時已十分清楚，楊宗保立即下令將李成父子正法示眾。當狄青得勝歸來，帥帳中擺下酒宴，全軍慶功。

宋軍正在歡欣慶功的時候，李成妻子沈氏聽到夫婿、兒子均被斬殺的消息，滿腔忿怨難消，竟千里迢迢跑到京城，向擔任御史的哥哥沈國清訴說此事，沈國清也覺憤怒，但想到自己官卑職小，只怕告人不成反受災殃，因此便去與龐洪商量此事。龐洪聽到狄青丟失軍衣的消息，只覺得喜從天降，心想三番兩次設計要害狄青，都沒能成功，如今此事不僅能將楊宗保一起告倒，最妙的是無須自己出面，只要讓沈氏到聖

上面前哭訴一番，還怕狄青和楊宗保不死嗎？

龐洪打定心中的歪主意，表面上裝得很為難，先騙走沈氏四萬兩白銀，才幫她寫好訴狀，教她告御狀。御狀一告，朝堂大為震動，龐洪等人洋洋得意，在仁宗面前又加油添醋，說了楊宗保、狄青許多壞話。仁宗一聽，下旨命令楊宗保、狄青回朝受審。

韓琦看見龐洪等人一再眉來眼去，滿臉奸笑，心知其中必有祕密，只是苦於不知內情，無從相助，又聽仁宗有意召回邊關重臣，連忙稟奏：「臣啟聖上，如今西夏戰事頻傳，邊關守將不宜擅動，若召回楊元帥、狄大人，只怕邊關空虛，敵國將有機可趁。況且楊元帥多年來精忠衛國，在此事還未查明清楚的時候，就將邊關重臣如同罪犯一樣召回，豈不令三軍心寒？微臣認為，應另派一名欽差前往查明詳情，才是萬全之策。」

仁宗想想也認為有理，便採用韓琦的建議，指派

孫秀之弟孫武為欽差，前往三關以查庫為名，暗中了解其中真相。誰知孫武雖以查庫為名，但人到了三關，庫也不查，軍衣、軍功之事一概不問，只知道向人索取賄賂。焦廷貴個性魯莽，在帥堂上聽見孫武無禮索賄的話，氣得衝上前去，將孫武狠狠打了一頓。楊宗保早被孫武的言詞氣惱得怒從心起，又看見焦廷貴如此放肆，更是怒火中燒，喝令將兩人綁起，寫了一道奏章，彈劾孫武詐贓索賄，使得焦廷貴犯下毆打欽差之罪，派人帶著奏章，連夜將兩人押解進京。

奏章送到京城，仁宗看罷，忍不住揉揉眉心，只覺一波未平一波又起，一時不知如何處理，便詢問朝中大臣的意見。龐洪生怕東窗事發，連忙上前，建議將此事交由御史沈國清查明後再回報。仁宗不知沈國清就是沈氏的哥哥，也不知他是龐洪的學生，便將此事連同兩名人犯都交由沈國清審理。沈國清得到龐洪指示，假意審問焦廷貴，卻暗中作了假口供，謊稱狄青丟失軍衣、冒認軍功；楊宗保賄賂欽差、封庫不查、屈斬功臣，以及焦廷貴受賄作偽證、毆打欽差等許多罪狀。

隔日早朝，沈國清便以假口供向仁宗稟告。仁宗大發雷霆，立即下令將焦廷貴正法，並派孫武前往三

萬花樓演義

關監斬楊宗保、狄青兩人。

消息傳到無佞府，佘太君大怒，趕緊換上朝服，手拄先帝所賜「上打昏君，下斬佞臣」的龍頭拐杖，隨即入宮面聖，同時派遣孫媳婦穆桂英前往法場，阻止監斬官處斬焦廷貴。

佘太君手拄龍頭拐杖來到金殿，正要行禮，仁宗忙說免禮，並賜座給她。

佘太君謝恩完畢，先冷冷的看了龐洪一眼，恨不得拿手中的龍頭拐杖立斃他於金殿之上。她深深吸了一口氣，恨恨的別開眼，才開口說：「老身聽說聖上下旨處斬焦廷貴，不知焦廷貴這莽夫犯下什麼滔天大罪，讓聖上不念他乃忠良之後，又曾屢立戰功，竟執意要處斬他？」

「他毆打欽差，便如同毆打朕一般，如此目無王法，難道不該殺？」

「毆打欽差想必事出有因，為何聖上只斬焦廷貴，卻不究辦欽差？當日欽差奉旨查庫，倉庫不查，卻只向邊關守將索賄，這麼說欽差訛詐，也就是聖上訛詐，為什麼聖上不處斬孫武？」佘太君話鋒犀利，目光炯炯的看著仁宗。

仁宗搖搖頭，餘怒未消的說：「御史沈國清已將此事審理完畢，焦廷貴在供詞上都招認了，連同狄青、楊宗保均犯數條死罪，怎能輕饒？」

「聖上！」佘太君將龍頭拐杖在金殿上一敲，冷冷的說：「到底誰是誰非，難道可以不用對質，單憑焦廷貴供詞就要定罪嗎？聖上不審孫武，不問狄青、宗保，便下旨用刑，若事後查明其實無罪，豈不屈殺忠良，遺臭萬年？況且孫武乃孫秀之弟，沈御史又與龐洪有師生情誼，其中難道沒有利害關係？」

仁宗知曉了其中的關係，也覺得自己在處理此事上稍嫌草率，一時竟不知該如何是好。龐洪見仁宗臉色猶疑，連忙上前說：「聖上，老太君分明徇私為己，她說的話絕對不能聽從！」

「龐洪！」佘太君一聲怒喝，龍頭拐杖一甩，就要往他頭上打去。龐洪聽到風聲咻咻，抬眼就見龍頭拐杖迎面而來，大吃一驚，連忙抱頭蜷縮在地。誰知佘太君不過是虛張聲勢，龍頭拐杖凌空畫個半圈，右手交左手，在金殿上重重一敲，連龐洪一根頭髮都沒傷到。龐洪逃過一劫，又見佘太君聲威赫赫，一時哪敢再多言。

佘太君斜眼瞄了瞄龐洪，冷哼一聲，抬起頭來，

眼中精光四射，正氣凜然。仁宗被她看得心驚，略一沉吟，嘆了口氣，便說：「此事是朕一時思慮不周。來人，傳朕旨意，將焦廷貴暫時收押，等楊宗保、狄青回京，三方對質，再作議處。」

「皇上聖明！」佘太君終於鬆了口氣，連忙謝恩。

第十章 沉 冤

當朝中因狄青等事鬧得沸沸揚揚時，包拯正在陳州處理賑災事宜，也是因為他不在朝中，龐洪才敢唆使沈氏告御狀、沈國清作假口供，若是包拯在朝，憑他多年斷案的經驗，必能查出其中真假。

這天，包拯正要回府衙歇息。誰知轎子走到半途，突然颳起一陣狂風，揚起漫天風沙，狂捲不休。一時之間天昏地暗，包拯連忙下令停轎，吩咐隨行侍衛左右站定，對著天空大聲說：「何方冤魂在此作祟？如有冤屈，允許你今夜在烏臺前訴冤，若真有冤情，本官必定為你申冤作主，此刻無須阻攔，去吧！」話才說完，狂風竟立即停止，天色也亮了起來。

當夜，包拯帶領張龍、趙虎、董超、薛霸四名侍衛，輕車簡從的來到烏臺。包拯在公位上坐定，意態從容，手持書卷在燈前細細吟誦。烏臺四周靜悄悄的，只聽見遠方傳來零零星星犬吠之聲。到了半夜，忽然一陣冷風吹來，將桌上燈火吹熄，餘煙繚繞四散。慘

慘陰風，吹得人遍體生寒，汗毛直豎。

　　朦朧中，遠方似有燐火閃動，一道白色形影飄飄蕩蕩而來，只見那白色形影依稀有一頭烏黑長髮、身形窈窕，竟是一名女鬼。女鬼一臉哀怨的來到包拯面前，屈身向包拯行禮，低柔嗓音悠悠忽忽、似遠似近的說：「大人，我死得好冤哪！」

　　四周一片漆黑，包拯卻不受影響，目光炯炯的看向女鬼，問：「妳是何方冤魂？報上名來！」包拯的嗓音低沉而渾厚，在黑夜中聽來，似乎可以上達天聽，下達九泉。

　　「啟稟大人，我姓尹，名貞娘，乃是西臺御史沈國清之妻。」女鬼的聲音恍恍惚惚，似有若無。

　　包拯不禁揚起雙眉，訝異的問：「夫人既是御史之妻，為何到此向本官訴冤？」尹貞娘便將沈氏進京告御狀等事一一向包拯說明。原來尹貞娘生性賢淑有德，當日沈氏向沈國清告狀，明明錯在自身，竟還意圖報復，尹貞娘便勸沈國清要好好開導沈氏，沒想到沈國清昏昧不明，竟不聽她的勸告，還尋求龐洪相助。

　　尹貞娘見沈國清聽從龐洪指點，竟作假供詞、陷害忠良，她屢次勸諫沈國清，但沈國清良心已失，不僅不聽忠告，還對她惡言相向，甚至拳打腳踢。尹貞

萬花樓演義

娘何曾受過這等汙辱，又想日後事發，不免對自己名聲有損，因此便在房中懸梁自盡，以死諫夫。誰知沈國清見她自盡身亡，只覺晦氣不已，竟不備棺木殯葬，僅命令家丁將她隨意埋在後園樹下。可憐的尹貞娘一縷芳魂歸於地府，才知陽壽未完，閻羅王憐憫她，便叫她到陳州向包拯訴冤，包拯有方法幫助她還陽。

聽了她的冤情，包拯對她非常敬佩，又想到奸臣作祟，他如果不儘速回朝處理，不僅此案難以釐清，還會害了三個忠臣的性命，就連尹貞娘也會因肉身腐爛而無法回陽。他沉思一會兒，便說：「尹氏，妳先回到陳州城隍之處等待，本官即刻起程回朝處理此事。」尹貞娘向包拯道謝後，便如輕煙般消失了。

包拯在尹貞娘冤魂離去後，在心中計算時日，從陳州回京城，需要三天的時間，那時尹貞娘已死了四天，應該還來得及起屍還魂，但難保途中沒有意外，還是早到一日比較好。主意一定，包拯吩咐張龍、趙虎立刻準備回京，賑災之事暫時交由陳州縣令處理。又想到尹貞娘說過，當日在佘太君力辯之下，聖上已派人去押解楊、狄二人回京，他明白此舉有危國防，便取出欽賜龍牌，派人去攔住欽差。諸事辦妥，當天就披星戴月的趕路，只求儘早到達京城。

不眠不休的走了兩個日夜，前方已是陳橋鎮，距離京城不過半日路程。包拯掀開轎簾，看見左右衛士都是一臉疲倦，正要下令停轎歇息，就在此時，突然一陣風捲來，竟將包拯的烏紗帽捲起，飄飄晃晃的飛出官轎，左右衛士都嚇了一跳，七手八腳連忙要抓住飄飛的烏紗帽，誰知不僅抓不到，烏紗帽竟還骨碌碌的往前翻滾而去。

包拯見這陣落帽風吹得怪異，心想必定又有冤屈之事，因此他也不急，派張龍、趙虎跟著帽子走，帽子在何處停下、被誰撿起，立即回報。

烏紗帽翻翻滾滾，來到陳橋鎮上一處破窯前。一個青澀少年正在破窯前砍柴，看見有頂烏紗帽朝著自己飛來，他一伸手便將它撿起，走進破窯，大叫：「娘，有一頂好漂亮的黑色紗帽飛到我們家門口耶！這帽子樣子好怪，兩邊長著兩隻腳，還真逗趣！」

「壽兒，你在說些什麼？」一名老婦坐在破窯中，滿室的昏暗對她毫無妨礙，她探著手向前走來，一雙飽經滄桑的眼眸仍舊美麗，卻毫無神采——竟是瞎的。

少年將帽子遞給老婦，她接過帽子，雙手在帽子上摸索了一會兒，才若有所思的說：「壽兒，這不是普通帽子，是一頂官帽，你拿著它去外頭等著，如果有人來拿，你要問清楚是何人的烏紗帽，然後來告訴娘。」

少年名叫郭海壽，他接過帽子，心想母親一向不管事，怎麼忽然對這頂帽子的主人起了好奇心呢？他雖然不解，但仍是依照母親吩咐，到門口等待。沒多久，果然有幾個侍衛跑來，見他手裡拿著包拯的烏紗帽，二話不說便將他帶到包拯面前。

郭海壽只是一個鄉下少年，哪裡見過這等陣仗，嚇得說不出話，只是傻愣愣的看著包拯，渾身不停發抖。包拯見落帽風帶來的竟是一個單純的少年，不禁訝異，問：「這帽子是你撿到的嗎？」

「是啊！我可沒偷，是它自己飛過來的，大人別抓我！」郭海壽呆頭呆腦的回答。

「哦？」包拯微微皺眉，接著又問：「你家裡還有些什麼人？」

包拯的詢問提醒了郭海壽，他連忙回答：「我家裡還有一個娘。啊！娘交代我要問帽子的主人是誰？做的是什麼官？黑臉大人，這帽子是你的嗎？你姓啥名

誰？做的是什麼官啊？」

　　郭海壽年輕單純，半點官場
禮儀也不懂，直來直往的問話，
讓左右侍衛都皺起雙眉，忍不住
就要開口責罵。包拯聽出了些
端倪，直覺郭海壽口中的母親
才是落帽風事件的焦點，他揮了揮手，讓眾人退到一
邊，回答：「我姓包，名拯，官居開封府尹，你就這樣
去跟你娘說吧！」

　　郭海壽愣愣的走回破窯，將包拯的回答告訴老婦，
老婦聽後，一臉激動的問：「壽兒，你說的包拯是不是
一張黑臉，額頭上有個新月印記？」

　　「咦？娘，您眼睛看不見，怎麼會知道？難道有
了天眼通嗎？」老婦聽郭海壽這麼一說，知道確實是
包拯到了，她滿腔激憤化作兩行清淚，紛紛落下。郭
海壽見母親忽然哭泣，感到很疑惑，又聽她說：「壽
兒，你去見那包拯，說我有深埋十八年的沉冤要訴，
叫他來見我。」

　　「娘啊，包大人是個官哪，只怕他不會來的。」

　　「若是別的官，自然是不會來，但若真是包拯，
他一定會來。」老婦微微一笑，信心十足。郭海壽見

母親說得信心滿滿，半信半疑的去向包拯轉達母親的話，包拯雖覺詫異，卻也沒有發怒，帶領隨從跟著郭海壽來到破窯。

到了破窯門前，郭海壽喊著：「娘，包大人來了，您請出來吧！」

「是包拯到了嗎？讓他進來見我！」此言一出，張龍、趙虎等人喝罵不休：「大膽刁婦，竟敢對大人如此無禮，這麼汙穢的地方，也敢要我家大人入內，還不快出來跪拜迎接？」

「胡說！我在此已居住十多年，他包拯為何不得進來？」眾人一時訝然無語，只覺老婦竟如此大膽，莫非是個瘋子？唯有包拯聽老婦聲音，輕柔中帶有威儀，可知聲音的主人並非一般市井婦人，他喝退眾人，在眾人驚訝的眼光中，跟著郭海壽彎腰走進破窯。

「娘，包大人來了。」郭海壽領著包拯來到老婦面前，老婦側耳傾聽，只聽包拯說：「老婦人，包拯在此，妳有何冤屈，可儘快說明。」但老婦並不立刻說明，只是伸手一探，說：「包拯，你走上前來。」

包拯一愣，上前幾步，老婦伸手正好碰到他的腰身，她臉一沉，說：「包拯，見了我，你還不下跪嗎？」包拯更覺詫異，這名老婦派頭如此大，竟還要

他下跪？但見她坐在一旁，凜凜威儀，心想姑且依她，看她究竟有什麼話要說也未嘗不可。他便撩起衣服下襬，屈膝跪下。

老婦顫巍巍的伸出手，仔仔細細的在包拯頭上慢慢摸索，摸到他腦後生著的偃月三叉骨時，她的手頓了一下，再仔細確認之後，她忍不住落下淚來，說：「包拯，你確實是包拯沒錯！」

「妳既已確認本官身分，究竟有何冤屈，現在可以向本官說明了。」

「包拯，你號稱清如水、明如鏡，只是我的這段冤屈，恐怕你也未必能夠審斷得來啊！」老婦淚珠滾滾滑落，泣不成聲。

「妳如真有冤屈，本官必定為妳申冤！」包拯見老婦哭得悲切，心想她所想要狀告的對象必定非同小可，便問：「老婦人，說吧！妳有何冤屈？想告何人？」

「我要告的是當今聖上，還有太后劉氏！」

老婦斬釘截鐵的語氣，令包拯聽了不禁倒抽一口涼氣，大喝：「大膽婦人，竟

敢在此大放厥辭，信口雌黃，妳可知這是侮君大罪嗎？」

「我正是要告劉太后欺君，當今聖上不孝！」老婦言詞肯定，冷冷的說：「包拯，你可知我是誰？我……我乃是先帝西宮娘娘李氏！」

「宸妃娘娘？胡說！十八年前碧雲宮大火，李宸妃娘娘早已葬身火窟！」

「葬身火窟？是啊，我差一點就要葬身在那場大火之中，若不是宮女寇珠通風報信，我早就沒命了！」包拯越聽越奇，難道當年碧雲宮那場大火並非意外，其中竟藏著宮廷詭譎的陰謀？

「十八年前，我與劉皇后同時有孕，後來我產下太子，宮女中也有數人知曉，過沒多久，聽說劉皇后生下公主。劉皇后心懷忌妒，與內監郭槐設下陰謀，竟暗中以狸貓換去太子，說我產下妖孽！」

包拯大為驚駭，此事攸關皇家血脈，竟沉埋了十多年。李宸妃接著說：「後來劉皇后竟以我產下妖孽需清除妖氣為由，放火焚燒碧雲宮，幸好有寇珠冒死前來通風報信，我才得逃過一劫。寇珠告訴我劉皇后還要她將太子丟下金水河，但她無法下手、也不願下手，後來幸得陳琳公公相救，已將太子送至八王爺府中。

接著<u>寇珠</u>將我裝扮成太監，趁亂逃出宮，並指點我前往八王爺府躲藏，等聖上回朝，再奏請聖上作主申冤。」

「難道八王爺與<u>狄</u>娘娘不肯收留？否則娘娘怎會流落至此？」<u>包拯</u>大感吃驚。

<u>李宸妃</u>搖搖頭，說：「我久居深宮，哪裡知道八王爺府怎麼走？我慌忙中走錯了路，又擔心有人追殺，死命的逃，後來在這破窯前昏了過去，所幸被一懷孕婦人相救，那便是<u>壽兒</u>生母了。我謊稱丈夫已死，卻被逼改嫁，我因不肯變節而私逃。那婦人看我處境可憐，便收留我住下。我本想等聖上回朝，再找八王爺一同前去面聖，誰知八王爺不幸早逝，先帝回朝不久後也駕崩，可憐我遭受天大冤屈，屈身破窯，不知何時才得以重見天日。」

「據說當年<u>碧雲宮</u>大火嚇得<u>狄</u>娘娘早產，如今想來，八王爺長子應當就是先帝太子？」

「當時不曾聽說<u>狄</u>娘娘有孕，怎會突然有早產之事？我想當今天子定

萬花樓演義

是我懷胎十月產下，卻被劉皇后、郭槐以狸貓換走的親生兒子！」

包拯知道此事非同小可，若無憑證，不可輕信，便問：「妳說妳是先帝西宮李宸妃，可有憑證？」李宸妃緩緩從懷中取出一方白玉印鑑，遞給包拯。

包拯見白玉印鑑質地特殊，絕非民間之物，又看上頭刻著「宸妃李氏」，心中已信了六成，又聽李宸妃說：「此印我與劉皇后各有一枚，乃是先帝所賜。」

「那麼娘娘說當今聖上乃是妳所親生，不知聖上身上有沒有印記之類的？」

「我兒子手中、腳上隱隱有山河、社稷四字，若當今聖上有此印記，便是我親生的兒子沒錯了。」

包拯閉上雙眼，將事情從頭到尾想了一遍，心中雖感到不可思議，卻隱隱明白此事不假，只是所涉動搖國本……。包拯睜開眼，目光如電，對李宸妃說：「娘娘，此事暫時不宜宣揚，還要委屈娘娘在這兒住些時日，等微臣回朝，將此事向聖上稟明，到時再請聖上派鑾駕前來相迎。」

李宸妃點點頭，想到沉冤終於有昭雪之日，忍不

住又落下淚來，感激的說：「包拯，若不是有你，我這十多年的苦都白受了。」

「這是微臣該做之事，就算拚著這頂烏紗帽不戴，也一定會為娘娘申冤，請娘娘放心。」

「一切有勞包大人了！」

包拯以君臣之禮向李宸妃行禮拜別，走出破窯，只覺冬陽照得人耀眼生花，他看看四周，想著一國之母居然在破窯中住了十多年，此事肯定會震動朝野。

一趟陳州之行，竟帶著兩樁冤案回京，其中一樁還足以動搖國家根基，包拯心頭沉甸甸的，感覺肩頭責任深重。他緩緩上了官轎，堅定下令：「起轎，火速進京！」

第十一章　雪　冤

　　當包拯身穿朝服，一臉耿直正氣，剛毅果敢的往金殿上一站，朝中文武百官都感到訝異。龐洪等人見包拯突然回朝，又是那樣古怪的嚴正神色，心中都是惶恐不安。

　　「包拯，你突然回朝，想必是陳州賑災之事都已經辦妥了吧？」仁宗笑著詢問。

　　包拯的眼神冷冷射向沈國清，稟奏：「臣啟聖上，陳州賑災之事，臣已暫時委託陳州縣令代為辦理，只因朝中出了奸佞小人，顛倒黑白、擾亂朝綱，所以臣日夜趕回，要向聖上奏明，還給忠臣、賢婦一個公道。」

　　這話讓眾人都非常訝異，仁宗連忙問：「你所說的奸佞小人指的是誰呢？」

　　「正是西臺御史沈國清！」包拯直指沈國清，雙眼如電，瞪得沈國清嚇出一身冷汗，跪倒在地，連呼冤枉。

「聖上，包拯奉旨陳州賑災，任務未完成就擅自回朝，又隨便汙衊朝中大臣，簡直是目無君上、蔑視朝儀，臣請聖上儘速將他定罪。」龐洪見包拯回京，心中驚慌不定，因此連忙上奏，只盼先下手為強，治包拯一個失職之罪。

包拯冷冷一笑，說：「太師，此事只怕與你脫不了關係，你確定你要這麼趕著出頭嗎？」

「你！」龐洪瞪著包拯，正想反唇相譏，仁宗卻先開口：「龐太師，此事與你無關，你先退下。包拯，你為什麼說沈國清為奸佞小人，趕快說明清楚。」

包拯將冒認軍功、丟失軍衣、查庫、索贓，連帶沈國清作假口供等事，一一說出。滿殿文武大臣聽了都感到不可思議，事情發生的時候，包拯明明遠在陳州，居然能絲毫不差的說出整起事件的始末。龐洪等人更是嚇得不知如何是好，沈國清跪在金殿上，滿心恐懼，只能不斷喊冤。

「冤枉？沈大人，本官只問你一句話，你要是能夠說明，便知道你是否冤枉？」包拯不屑的瞄了跪在地上

的沈國清一眼。

　　沈國清雖然恐懼，但想此事做得天衣無縫，包拯不可能捉到把柄，因此他抖著聲音，嘴硬的說：「本官忠心為聖上做事，豈能讓你任意汙衊！你說有話要問，那就問吧！只怕到時你躲不了毀謗之罪。」

　　包拯目光炯炯的瞪著他，問：「尹貞娘是你的妻子吧？敢問沈大人，她現在人在何處？」沈國清像是當頭被澆了盆冰水，吶吶的說不出話來。

　　仁宗見沈國清不發一語，不解的問：「沈國清為何不說話？包拯，你又為什麼要問尹氏的下落？」包拯冷笑一聲，稟奏：「臣啟聖上，尹貞娘乃沈國清妻子，日前她的冤魂在陳州向臣告狀，說她的丈夫欺君枉法，她屢次勸諫，丈夫不只不聽，反而毆打她，她因此含冤自盡。」

　　沈國清聽了這話，急忙說：「啟奏聖上，臣的妻子明明是急病身亡，包拯所謂自盡、冤魂等事均非屬實。」

　　包拯見沈國清依舊執迷不悟，一時忍耐不住，指著他的鼻子大罵：「大膽沈國清，還敢狡辯！你的妻子若非遭你羞辱而自盡身亡，你為什麼不準備棺材將她入殮，竟將她的屍骸隨意掩埋在後園的樹下，害她魂

魄難安？如此狠毒心腸，還敢在此說什麼急病身亡！」

沈國清聽包拯連這種機密之事都知曉，嚇得面如灰土，連話都說不出來。包拯冷哼一聲，稟奏：「臣啟聖上，據尹氏冤魂所言，她雖已殞命，但是陽壽未盡，臣乞求聖上出借三樣活命法寶，幫助尹氏還陽，之後再細細審問此事，必能使真相大白。」仁宗同意包拯所求，並命令他審理此事。

包拯恭敬的接過法寶，趕緊到沈國清府中幫助尹氏還陽。不久，尹氏悠悠的醒過來，只是才剛回陽，所以渾身虛弱無力，包拯要她好好休養，隔日公堂受審。隔天，包拯下令拘提沈氏、孫武、沈國清、焦廷貴、尹氏等人，在府衙中逐一審問，相互對質。沈國清等人知道此案交由包拯審理，再也無法瞞騙，因此一五一十的全部招認。

全案審畢，包拯上朝稟報：「啟奏聖上，微臣已將此事查明，狄青丟失軍衣一事確實屬實，但在狄青接連掃蕩大狼山、八卦山西賊猛將之後，磨盤山群盜畏懼狄青神威，已將軍衣全數送回。冒認軍功一事，其實是李成父子貪功冒認，沈氏已畏罪自殺。沈國清欺君枉法、孫武詐贓索賄，罪證確鑿，均已斬首示眾。焦廷貴雖有毆打欽差之罪，本應革職查辦，但微臣想

現在國家正需人才，他又是激於義
憤，因此從寬處置。」

仁宗點頭微笑，說：「包拯辦事
明白，此事處理得十分妥當，幸好
有你回朝，否則朕就冤枉忠良，犯
下大錯了。」

「此事其實是因為有朝中重臣在
旁唆使，才會連累聖上清明之名，臣
認為應當將此人揪出才對。」包拯說這話時，眼睛特
意掃了龐洪、孫秀一眼，兩人心中一驚，暗暗惱恨。

仁宗雖知包拯言下之意，但礙於龐洪身分，因此
表示不願深究。包拯知道仁宗心意，也就不再多言。
龐洪聽到仁宗不追究此事，心中略安，只希望包拯趕
緊離開京城，免得在朝中礙眼，便上前稟告：「臣啟聖
上，如今軍功一事已真相大白，陳州賑災一事不可再
延宕，包大人應體念聖上愛民之心，儘速返回陳州才
是。」

仁宗點點頭，說：「龐太師說得對，包拯趕緊打點
行李，儘速返回陳州，以免萬民受苦。」

「啟奏聖上，臣還有一件上至天子，下至人臣的
國家大事，連微臣也有失察之罪，因此臣須辦明此事，

才能返回陳州。」

仁宗聽他說得嚴重，連忙問：「你所說的究竟是何事？」原來包拯回京之後，已暗中找過陳琳，詢問當年狸貓換太子一事，陳琳的說詞果然與李宸妃所說的一樣。包拯知道此事牽連重大，因此故意在金殿中說出，要滿朝文武做個見證。

「如今陛下來歷未明，只怕未必是真正天子。」包拯此言一出，滿朝文武盡皆譁然，紛紛低語不休。

龐洪一聽這話，喜不自勝，心想包拯自尋死路，若不趁機除去了他，還等什麼時候？因此他立即稟報：「臣啟聖上，包拯身蒙聖上厚恩，不思盡忠報國，竟敢信口雌黃，毀謗君王，臣請聖上立即將他正法，以懲侮君之罪。」

仁宗心中雖感詫異不悅，但他又想，包拯一向忠心耿耿，行事縝密，突然說出這種話，一定有他的用意。因此他揮手命龐洪退下，問包拯：「朕登基以來，從不曾有人說朕是假天子，依你所說，朕該如何證明自己是如假包換的真天子呢？」

「陛下承天命，龍體上必有印記為憑。」

仁宗揚起雙眉，微笑說：「不知朕掌中隱約有山河二字、足心隱約有社稷二字，是否足以為證？」

　　此話與李妃之言正好符合，包拯立刻跪伏在地，說：「聖上果然是真龍天子，只可惜朝中並無國母，陛下生母並不在宮中。」這話又讓文武百官無不瞠目結舌，如今劉、狄兩位太后俱在，包拯竟敢說無國母在朝。

　　仁宗一向孝順，聽了這話，忍不住動了氣：「包拯，朕生母乃是南清宮狄太后，你為何說朕生母不在宮中呢？」

　　「聖上，狄太后單生潞花王一子，並非聖上生母，聖上生母另有其人，只是流落江湖，遠隔天涯。」

　　仁宗不禁大感驚駭，十多年來所認知的事，今日竟被包拯一語推翻。若狄太后不是他的生母，那他生母究竟是誰？一時之間，仁宗只覺腦中一片空白，內心惶惶難安。他手指微顫，指著跪在金階下的包拯，大喝：「包拯，如此大事，朕諒你也不敢胡言，你快將實情說清楚，否則朕必重重辦你狂言欺君之罪。」

　　「啟奏聖上，此事只須召來內侍郭槐詢問，便可明白。」仁宗

立刻派人到安樂宮宣召郭槐，同時要包拯將此事從頭到尾說明清楚，不得有絲毫隱瞞。包拯便將風捲烏紗帽、破窯遇見李宸妃，以及聽她說十八年前狸貓換太子的陰謀等事，詳細向仁宗稟告。

仁宗聽得手足冰冷，惶急無措。此時前去安樂宮宣召的太監回報，郭槐說他今日沒空，改日再出殿。仁宗大怒，大罵：「好個大膽畜生，竟敢抗旨！」

由於郭槐深受劉太后寵信，因此滿朝文武都怕他三分，他仗著太后威勢，對仁宗也不怎麼懼怕。仁宗心知不宜打草驚蛇，只得按下怒氣，派人再去宣召，並嚴令不許洩露消息，須先將郭槐哄到金殿，再做處置。

由於仁宗二次宣召，郭槐終於願意挪動肥胖的身軀，在四名小太監的扶持下，慢慢的走上金殿，跪拜行禮，問：「不知聖上宣召奴才，有何事差遣？」

「郭槐，有一件事說來古怪，朕想你在宮中多年，一定知曉，所以宣你前來。」仁宗說到這裡有些緊張，頓了一下，才又接著說：「十八年前，有人瞞天過海，竟以狸貓換太子，火焚碧雲宮，朕想

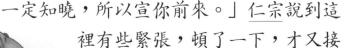

問你，<u>李宸妃</u>如何被害？主謀者究竟是誰？」

　　<u>郭槐</u>原本傲慢的模樣，聽到<u>仁宗</u>的問題，臉色陡然一變，心想如此陳年舊事，聖上為什麼突然提起？若此事被揭發出來，別說是他，就連太后也難逃死罪！反正<u>李宸妃</u>已死無對證，為今之計，只有抵賴到底。<u>郭槐</u>故意假裝不知，淡淡的說：「陛下所說的事情，奴才並不知曉。」說完，也不等<u>仁宗</u>旨意，便對小太監說：「孩子們，扶我回宮。」

　　「<u>郭槐</u>，你不許走！」<u>包拯</u>一聲斷喝，怒目圓睜的擋在<u>郭槐</u>面前，<u>郭槐</u>見到<u>包拯</u>，心下一驚，才知此事是被<u>包拯</u>翻出。「<u>郭槐</u>！十八年前以狸貓換太子，火燒<u>碧雲宮</u>，陷害<u>宸妃</u>娘娘，都是你的奸謀，如今你還想走？」

　　「<u>包拯</u>，金殿之上，你怎敢血口噴人？我在內廷數十年，從未聽說此事，你不要造謠生事！」<u>郭槐</u>神色傲慢，竟然絲毫不懼。

　　<u>包拯</u>一生審過多少棘手的案子，哪裡將嘴硬的<u>郭槐</u>看在眼裡。他立即向<u>仁宗</u>請旨，表明要將<u>郭槐</u>押回<u>開封府</u>審問。

　　<u>仁宗</u>心煩意亂，想到如果一切屬實，他的生母<u>李宸妃</u>住在破窯十多年，不知經歷了多少苦楚。他心中

一慟，略一沉吟，知道滿朝文武能將此事查清楚的，只有包拯一人，因此他保持鎮定的說：「就依你所奏的，務必將此事查明回報。」

開封府公堂上，冷肅的氣氛凝結不散。

陳琳被召來與郭槐對質，回憶起當時情景，仍舊心有餘悸。他悠悠的說：「那一日正是八王爺壽誕前一天，老奴奉狄娘娘之命，在御花園中採摘花果，忽然看見宮女寇珠抱著一個嬰兒，站在金水橋上哭個不停，當時老奴還以為那是寇珠與人生下的孩子，就上前訓斥她。後來才知道原來是劉皇后忌妒李娘娘，命令她將太子丟棄在金水河中。老奴一聽就慌了手腳，便將太子藏在花果盒中，匆匆出宮，直奔王府，告知八王爺此事。八王爺又驚又怒，只好先將太子藏在府中，偏偏碧雲宮又發生大火，才假稱狄娘娘早產，將太子當作長子撫養。」

「郭槐，如今你還有什麼話說？」包拯將驚堂木一拍，厲聲問郭槐。

「哼！包拯，陳琳向來與我不對盤，你今日讓他編出這些話，便想給我個罪名，要是讓太后知道了，只怕你難逃罪責。」郭槐神色高傲，依然是目中無人

的模樣。

「好個狐假虎威的狗奴才！劉太后如今自顧不暇，你以為她還能庇護你嗎？」包拯嚴厲的看著郭槐，說：「今有陳琳供狀與李娘娘訴狀在此，兩人所言絲毫不差，單憑這兩點便足以定你的罪，你還要狡辯？」

「我說沒有就是沒有，包黑子，你能奈我何！」

「郭槐，看來本府不用大刑，你是不會招的，來人，夾棍伺候！」張龍、趙虎拿起夾棍，夾住郭槐十指，一左一右緩緩收緊，痛得郭槐臉色發白，眼冒金星。包拯見他冷汗直冒，大喝：「郭槐，你招是不招？」

「包拯，任你用上千般刑罰，我都不會招的，你就等著太后斬你的頭吧！」郭槐忍痛叫著，雙眼陰狠又怨毒的看著包拯與陳琳兩人。

接連幾次用刑，郭槐咬緊牙關，不招便是不招。陳琳看得不忍，嘆了口氣，對包拯說：「包大人，這郭槐生性陰狠，對人對己都是如此，只怕再怎麼用刑，他都不會招的。」

包拯見郭槐痛得直喘氣，臉上的陰狠卻絲毫不曾消退，知道各種刑罰均難以逼他招供，只好先將郭槐押在監牢，改日再審。當夜，包拯在書房

中思來想去，卻一籌莫展，轉眼已經半夜，包拯準備就寢時，忽然心念一動，立即喚來張龍、趙虎，細細囑咐。

被拘押在牢獄之中的郭槐對包拯忿恨不已。他雖是太監，但一生受盡尊榮，何時受過這種苦楚。如今，他十指抽痛，腦門發漲，渾身痠疼，都是被包拯的刑罰整治出來的。他哀哀叫苦，偶而夾雜幾句對包拯的咒罵。

忽然間一陣陰風吹來，吹得他寒毛直豎。監牢中陰暗潮溼，昏黃的燭火在陰風吹拂下明滅不定，更增添幾許妖異氣氛，郭槐暗暗吞了口口水，覺得牢房裡靜得出奇，似乎連自己的心跳聲都聽得見。他心裡驚怕，忍不住呼喚獄卒，他的聲音在牢中幽幽的迴盪著，然而回應他的卻只有牢房外幾聲淒厲的貓叫。猛然一抹黑影倏地閃過，郭槐更害怕了，把身子更往牆角縮去。牢房中霧氣漸濃，轉眼煙霧瀰漫，幾乎伸手不見五指。他心想，莫非是劉太后派人放火要殺他滅口，就像當年碧雲宮失火一樣……。

不會的，不會的！郭槐在心中告訴自己，但惶恐的心卻完全無法平靜。一片黑暗寂靜之中，

他聽到好似鐵鍊拖地的聲音，由遠而近傳來，同時兩個龐大的黑影緩緩向他靠近。他抬眼一看，嚇得尿都流出來了——來的竟是牛頭馬面。

牛頭將軍大手一伸，輕易將他拎起。郭槐嚇得半死，呆呆的問：「我……我死了嗎？」

馬面將軍冷哼一聲，面無表情的說：「郭槐，你一生作惡多端，在陽間雖得高壽，來到陰間冥府，要你一一償還！」

「不可能，不可能！我不會死的，我……我不會死的！」郭槐瘋狂搖著頭，全然不肯相信。

「哼！人都有一死，你怎麼可能例外？讓你活到今日，已經是便宜你了！你瞧！」牛頭將軍指著牢房一角，郭槐順勢望去，只見一個身穿囚服的白髮老頭縮在牆角，分明就是他自己。他一愣之下，只覺得心裡空洞洞的，意識一片茫然，任由牛頭馬面拉著自己走出牢房。眼前是一片森然昏暗的幽冥景象，慘慘陰風、森森冷氣，處處燐火明滅閃耀，來來回回都是面貌凶惡的鬼差，偶爾還會看到悽慘受刑的鬼魂，讓郭槐越看越是心驚。

牛頭將軍指著遠方一座插滿刀劍的山丘，溫柔的對郭槐說：「你瞧，那是刀山，等會兒我們會帶你去好

萬花樓演義

好玩一遭的。」郭槐驚恐至極，連連搖手，又聽見馬面將軍說：「不只刀山，還有油鍋！你在陽間做了多少壞事，都會一樣樣加倍回到你身上。」

牛頭馬面將郭槐拉到冥府公堂，昏暗之中，只見一人頭戴通天冠，身穿蟒袍，卻看不清面貌。郭槐睜大雙眼想要看清楚，忽然身邊鬼卒嚎聲不絕，大喝：「大膽郭槐，見到閻君，還敢放肆。」

郭槐嚇得跪在地上，渾身簌簌發抖。閻君冷冷開口：「郭槐，哼，郭槐！陽間包拯審你不來，落到本君手中，要叫你無處可逃！你狸貓換太子、火燒碧雲宮，意圖殺害真龍天子與李宸妃，這件事你在陽間屢屢抵賴，可見毫無悔改之意，眾鬼差，先把他丟到油鍋中接受油炸之苦，再繼續審問。」

「小的願招，小的願招！請閻君暫免油鍋之刑吧！」郭槐早嚇得魂不附體，哪裡還敢嘴硬。

「且慢！先聽聽你招認什麼，若有缺漏不實，再加刑罰。」

到此地步，郭槐哪裡還敢隱瞞，他連連磕頭，一五一十的將當年的事說出，判官將供詞記錄下來，命他畫押，郭槐只求免去油鍋之

刑，連忙畫押。

　　閻君將供詞從頭到尾看過後，微微一笑，說：「舉火！」瞬間公堂之上燈火通明，看著堂上的包拯，郭槐此時才知中計，只能呆呆的看著包拯，張口結舌，說不出話。

　　郭槐見大勢已去，整個人頹喪倒地，包拯將他押進大牢，將全部供狀整理好，便進宮面聖。仁宗聽完包拯的稟報後，心情激動，趕緊出宮，親自到陳橋鎮接回李宸妃，母子重逢，盡是說不完的心傷酸楚。

　　沉冤既已昭雪，李宸妃受封李太后；劉太后畏罪自盡身亡；狄太后因為養育聖上有功，免去欺君之罪，仍舊尊為太后。李太后感念狄太后的恩義，執意與她姐妹相稱。仁宗見兩位太后相處和睦，也覺得萬分喜悅，他日日晨昏定省，母子三人同享天倫。

第十二章 平 西

　　朝中發生了這樣天翻地覆的大事，狄青等人遠在三關，均不知曉。欽差來報，只說軍衣等事，包拯已經查明，聖上特准狄青將功贖罪，改命他為征西副元帥，留守邊關相助楊宗保，日後凱旋回朝，自有封賞。楊宗保等人見一番風波終於平息，均感喜悅，同聲謝恩。

　　在狄青連破大狼山、八卦山之後，西夏軍兵進攻之勢略挫，誰知人有旦夕禍福，狄青突然染病，一連數日，水米不進，虛弱臥床，苦苦呻吟。儘管楊宗保請大夫為他診治，卻不見起色。

　　正當狄青臥病時，前線探子來報：「西夏王又點起大軍，命大將薛德禮為滅宋元帥，率領三十萬大軍進攻，如今正駐兵在城外五十里處。」

　　楊宗保聽了這個消息，心想營中勇士如雲，兵精將勇，因此毫不介意，只命焦廷貴等人擊鼓點兵，眾將領到帥帳中聽候命令。不久，西夏營中派人前來下

戰書，楊宗保見戰書言詞無禮，忍不住怒從心起，拿起筆來在戰書上批了「決戰」二字，便將戰書投擲在地，喝令兵卒送西夏使者出營。

使者離營不久，又有探子傳來消息：「啟稟元帥，賊將薛德禮帶了大隊軍馬，來到城下等待接戰。」

楊宗保冷笑一聲，手執令箭，命令焦廷貴領兵一萬出陣。焦廷貴接令，手執銅棍上馬出關，身後一萬精兵，殺氣騰騰，風捲塵沙的在城外擺開陣勢。

焦廷貴勒馬上前，大喝：「你就是賊將薛德禮嗎？」薛德禮聽焦廷貴出言相辱，仰天一聲長嘯，聲勢驚人，回答：「正是！」焦廷貴見他生得藍面獠牙，身高丈餘，嘯聲渾厚，聲震四里。但他一向膽氣粗豪，一點也不懼怕薛德禮，立即拍馬上前，執起銅棍，便向薛德禮打去。薛德禮手持一柄大銅刀，揮舞開來。雙方交手不過二十招，高下立見。焦廷貴心知不是對手，越打越心驚，險險讓過一刀，卻被削去鬢邊鬚髮，嚇得他心驚膽寒，連忙掉轉馬頭，逃回城中。

薛德禮乘勝追擊，追到城下，卻被城上如雨落下的羽箭射傷了數百兵士，只好暫時收兵回營。

焦廷貴倉惶回城，口中述說薛德禮武藝精強，話尚未說完，又傳來薛德禮重整軍伍，來到城下討戰的

萬花樓演義

消息，甚至還猖狂無禮的指名要向楊宗保單挑。張忠聽得義憤填膺，忍不住起身說：「啟稟元帥，這傢伙如此放肆，分明是蔑視我們宋營無人，小將向元帥請令，願領兵去會一會這傢伙。」

楊宗保見張忠勇猛，立即命他率領兵馬出戰。哪知張忠與薛德禮交手四、五十招便敗下陣來。李義見張忠情勢危急，立刻提刀上馬，出關應戰。

三人在陣前你殺我伐，然而薛德禮果然非同凡響，以一敵二，竟還占盡上風。張忠、李義久戰不下，自知不敵，連忙鳴金收兵，且戰且退，慌忙的退回城中。

楊宗保見薛德禮連勝宋營三名勇猛將領，不禁訝異：「想不到薛德禮這傢伙如此了得，竟連你們都無法打敗他。明天便由本帥出馬，親自與他分個高下！」

隔日清晨，楊宗保才準備點兵，就有兵卒來報薛德禮指名他對戰。楊宗保冷哼一聲：「這傢伙的性子倒急，也罷，今日就叫他見識見識我的厲害。」

楊宗保親自上陣，

命令焦廷貴為先鋒，張忠、李義助陣，率領大軍，一同飛馬出城。薛德禮聽到砲響，往宋營方向一看，只見來人白臉銀鬚，身著銀白盔甲，手執長槍，跨騎白馬，身長丈餘，生得是威風凜凜、浩氣騰騰。

薛德禮拍馬上前，喝問：「難不成你就是狄青？」

「無名小卒，有眼無珠，連人都認不得，也敢到我城下騷擾！」楊宗保勒馬站定，提起長槍指著薛德禮，說：「你聽清楚了，本帥乃天波無佞府楊令公之孫，大宋征西元帥楊宗保。」

薛德禮撇了撇嘴角，輕蔑一笑：「原來你就是楊宗保。哼！你若是識得時務，勸你獻城投降，說不定，我主還封你一個爵位，若是不識時務，就將人頭留下吧！」

楊宗保大怒，喝罵：「番賊，憑你也敢在此誇口，本帥倒要看你有什麼本事，勝得了我手中長槍！」銀光一閃，楊宗保一夾馬腹，施展楊家槍法，與薛德禮鬥在一起。薛德禮銅刀霍霍，舞得虎虎生風；楊宗保長槍迴旋，著著搶攻。兩人在陣前殺得難分難解，楊宗保雖然槍法嫻熟，但薛德禮武藝精湛，兩人大戰數百回合，仍不分高下。

楊宗保久戰不下，不禁焦躁起來，心想自己畢竟

萬花樓演義

比對方年邁，不利久戰，須得速戰速決才行。正在思索時，楊宗保一個閃神，差點被薛德禮的銅刀劃傷手臂，危急之中靈光一閃，楊宗保故意逼上前去，連連搶攻之後假裝失手，故意露出破綻，引薛德禮來攻。薛德禮果然上當，立刻揮起銅刀劈來，卻被楊宗保一招反攻，絞落他手中銅刀。

　　薛德禮失了兵器，不禁嚇出一身冷汗，這是他武藝有成以來前所未遇的事。他眼見今日無法取勝，連忙拍馬退走，口中大喝：「楊宗保，你果然厲害！本帥今日敵你不過，就准你多活一日。」

　　楊宗保飛馬追趕，口裡喊著：「小賊，哪裡走！」

　　楊宗保馬快，越追越近，薛德禮心裡惶急，連忙取出懷中的混元錘，轉身向楊宗保打去。剎那之間，一陣金光閃爍，萬丈光芒照眼，楊宗保眼花撩亂，被逼得閉眼，一時閃躲不及，胸前中錘，翻身跌落馬下。

　　焦廷貴見楊宗保中錘受傷，趕緊與張忠、李義上前搭救，勉力救回元帥，飛奔回城。

　　薛德禮不禁大喜過望。他的混

元錘乃是妖人傳授，絕非凡間兵器可比，只要被擊中一錘，就算是壯健如牛的英雄好漢，不出三天，也會化為血水而亡。他立即勒馬回頭，催促西夏兵馬向著宋軍陣勢衝殺。宋軍見楊宗保被傷，大驚四散，三萬精兵，折損過半，剩餘眾人紛紛倉惶逃回城中。

張忠、李義連連閃避薛德禮的攻擊，正想尾隨兵眾進城，哪知薛德禮進逼緊迫，兩人眼看就要抵擋不住。此時，一陣風沙從遠方狂捲而至，一個身穿白衣的俊俏將軍，手持一柄亮晃晃的銀製蛇紋長槍，衣袂飄飄的從半空冉冉而下。雙方軍馬都為之大驚，不知此人是友是敵。

白衣將軍凌空飛到薛德禮面前，舞起長槍，一招鳳凰三點頭，將薛德禮逼退三步。張忠、李義看清白衣將軍的相貌，不由得喜出望外，同聲大喊：「石大哥！」原來此人正是在金亭官驛被妖所捉的石玉。

石玉向兩人微微一笑，將長槍橫在胸前，朝薛德禮一喝：「大膽西賊，竟用妖術傷人，看槍！」話一說完，石玉挺起長槍，勢如破竹的向薛德禮攻去，只見銀槍有如蛟龍翻騰，逼得薛德禮手忙腳亂，只能守不能攻。薛德禮大為吃驚，連忙退開三步，取出混元錘，想故技重施。

薛德禮哪裡知道石玉的來歷。當日石玉在金亭官驛被妖怪捲去，其實那妖怪正是他手中長槍的化身，之所以帶走他，乃是王禪有意收石玉為徒，想傳授他精妙的槍法，好幫助狄青守護邊疆。如今他學藝已成，王禪算出薛德禮手上有混元錘，尋常兵器難以取勝，便傳授石玉能夠克制混元錘的法寶，並且施展法術，送石玉到邊關來相助宋軍。

石玉步步進逼，正是要引薛德禮取出混元錘，此時看見混元錘凌空飛起，挾帶著萬道光芒飛撲而來，他冷冷一笑，立即從懷中取出王禪所賜的風雲扇往上一拋。只見風雲扇豁然張開，有如孔雀開屏，在空中輕輕與混元錘一碰，混元錘立即掉落塵土，力量盡失。薛德禮不禁大驚，來不及撿拾混元錘，便慌忙轉身逃去。石玉並不追趕，只是連同張忠、李義收齊殘兵，一同回營。

回到營中，石玉得知楊宗保與狄青的情況，趕忙從衣襟中掏出一個碧玉瓷瓶，對眾人說：「這是師父命我帶來的靈丹妙藥，說是能醫治狄大哥的病，或許也能挽救元帥的性命！」眾人趕緊讓楊宗保與狄青服下藥丸，狄青服了藥後，心神立刻寧定，氣息平順，身體逐漸恢復，但楊宗保的傷勢卻毫無起色。

短短三天，楊宗保肌消肉化，竟成為白骨一堆。楊宗保的死訊讓宋營中人人悲傷不已，消息送到京城，滿朝文武均是驚駭莫名，天波無佞府上下更是傷心欲絕。

　　仁宗看了范仲淹上的奏本，心中百感交集，想到楊宗保一生為國鞠躬盡瘁，如今卻未能善終，不禁萬分感傷。又想西夏大軍不停侵擾邊疆，楊宗保既死，朝中無人可以擔此重任，而范仲淹奏本中對狄青、石玉稱讚不絕，想來也只有他二人足以擔當重任，便立即冊封狄青為天下招討元帥，而石玉則被加封為招討副元帥，命兩人攜手合作，共同守衛邊疆。

　　經過一段日子的調養，狄青病體已經痊癒，便與石玉、范仲淹、楊青等人共商破敵之計，打算積極出擊。此時忽有兵士來報薛德禮又領兵來攻，甚至在城外大言不慚，張狂不已，指名要向狄青、石玉挑戰。

　　狄青聽到這個消息，冷冷一笑，說：「這人來得倒好，前幾日我還在病中，沒能去會一會他，如今我已痊癒，便親自出陣迎敵，一定要砍下這傢伙的腦袋，以祭楊元帥在天之

靈。」他提起金刀，跨上現月龍駒，率領大軍出城。石玉心想，狄青大病初癒，怕有什麼閃失，於是領兵五千，跟著出城，在一邊為他助陣。

「石玉，你當日用妖法破我法寶，今日要你知道本帥的厲害！」薛德禮看見石玉，眼中噴火，二話不說，立即向前進攻。而狄青見他來勢洶洶，金刀揮出，接下他的招數，大喝：「薛德禮，你傷了楊元帥，現在留下你的命來吧！」

薛德禮見狄青一副文弱模樣，金刀攻勢卻頗為凌厲，不禁訝異，他勒馬退開，喝問：「哪裡跑來一個乳臭未乾的孩子？居然敢在本帥面前放肆，還不報上名來！」

狄青聽他出言無禮，忍不住大罵：「你死到臨頭，還敢猖狂！本帥就讓你做個明白鬼，免得到了陰曹地府，還不知道殺你的人是誰。你聽清楚，本帥正是狄青。」

「原來你就是狄青，我還以為有什麼三頭六臂呢？看來也不過如此。」

「哼！少耍嘴皮子，你我兵刃上見真章！」狄青拍馬上前，將金刀揮舞開來，薛德禮見他來勢凶猛，連忙舉刀接招，這時才發現狄青臂力大得驚人，便不

敢輕敵，舞起大刀，專心接招。

　　兩人在陣前你來我往，各展絕藝，轉眼已鬥了數百來招，卻依然相持不下，未分勝敗。薛德禮越鬥越是心驚，想不到宋營之中除了石玉，竟還有這樣一名勇將，他連狄青都無法收拾，若是石玉上前夾攻，到時他哪裡還有命在？

　　狄青久戰不勝，漸感焦躁，其實他武藝原本在薛德禮之上，但他大病初癒，久戰之下，氣力不足，竟然屢屢遇險，差點喪命。石玉見狄青危險，立即加入戰局。然而薛德禮單單對付狄青一人便已顯得吃力，哪裡禁得住兩人齊攻，正想逃開，石玉的長槍卻不知何時已經直指薛德禮眉心，他驚險閃開，此時狄青一刀揮來，他再也無法閃避，被狄青一刀砍在肩上，跌落在地。焦廷貴縱馬奔來，連忙將他的首級砍下，西夏大軍見主帥已死，軍心渙散，嚇得連忙退兵。

　　宋軍得勝回營，狄青以薛德禮的首級祭奠楊宗保在天之靈。祝禱結束後，石玉問起狄青今日交戰時的狀況，他嘆了口氣，笑說：「你無須擔憂，我想是大病初癒，還有些虛弱，再休養幾日就沒事了。」

果然過了幾日，狄青體力恢復，一如從前。宋軍在狄、石兩人帶領下，每戰皆勝，西夏無人能敵，最後幾乎全軍覆沒。

　　西夏君主當初貪圖大宋繁華，又自認為西夏國內勇將如雲，必能輕易的攻陷大宋。誰知宋營竟有如此多的精銳，楊宗保雖死，卻又有狄青、石玉等少年英雄主持軍務。兩軍長年交戰，西夏早已元氣大傷，只好準備許多金銀財寶，正式向大宋求和。

萬花樓演義

尾聲

　　接到西夏呈上的降表，狄青、石玉等人都備感安慰，辛苦奮戰多年，終於有了代價，滿營軍士聞訊，也都歡欣鼓舞、大聲叫好。范仲淹則是連忙書寫奏章，稟告仁宗這一個好消息。在與狄青共事的這段期間，他見狄青少年英雄、卓爾出群，非常欣賞。因此當他知道狄青尚未成親，便在奏章中夾帶書信，請求聖上降旨，希望能將自己的女兒許配給狄青。

　　收到消息後，仁宗非常歡喜，立即在金殿上封狄青為公爵，石玉為侯爵，同時加封張忠、李義為振國將軍，滿營將士都有封賞。下朝之後，仁宗帶著范仲淹請旨賜婚的書信來到南清宮，對狄太后說：「母后，今日邊關傳來喜訊，西夏已稱臣投降，這都是狄王兄的功勞啊。」

　　狄太后早已聽說了消息，喜上眉梢，笑說：「青兒雖有功勞，但也是因為聖上在位，洪福齊天所保佑啊！」

「這消息雖然今早才到京城，但已經傳遍天下，母后想必早就知道，但還有一件喜事，朕猜想母后還沒聽說。」

「還有什麼喜事？」狄太后看見仁宗一副獻寶的模樣，滿腔好奇心都被勾起。

「母后，依您看來，狄王兄也到了該成家的年紀了吧？」

「是啊，我近日正在思量這件事呢。如今戰事稍歇，等青兒班師回朝，也該為他挑選名門淑女作為婚配。」狄太后眼角、眉梢都是笑意，念頭一轉，詫異的問：「皇上日理萬機，怎麼突然關心起青兒的婚事呢？」

仁宗拿出書信，笑著說：「朕這裡就有一樁給狄王兄的好親事，不知道母后覺得如何？」狄太后大喜，得知對象是范仲淹之女，更是喜悅，連連催促仁宗下旨賜婚。

隔日，仁宗命欽差前往邊關宣旨封賞眾將士，同時也准了范仲淹奏請，賜婚狄青與范仲淹之女，待狄青班師回朝之後，擇日完婚。旨意一下，滿朝歡喜，狄太后與潞花王更是歡喜萬分。

而且喜事還不只這一樁，不久狄太后收到狄青派

人送來的家書一封，信中特地向狄太后報喜，告訴她母親孟氏、姐姐狄金鸞都十分平安，並已接她們到三關相聚，等到邊關事務交代完畢，將一同返回京城團聚。

狄太后既欣慰又感恩，一來對狄青如此韜略武藝，光大狄家門楣而感到驕傲，二來嫂嫂與姪女平安無事，一家人得以重新聚首而滿心歡喜。她朝天而拜，口中喃喃說著謝天謝地。

潞花王看見狄太后的樣子，笑著對她說：「母后，記得當年皇上曾對您說，相信親人都會平安無事，如今果真都應驗了呢！」

「是啊，都多虧了皇上金口。」狄太后笑吟吟的看向遠方，回想這十多年來心中的懸念，終於都有了圓滿結果，心中萬分感恩。現在，就只等著狄青凱旋回朝，完成終身大事，傳承狄家血脈，到時她就再無掛心之事了。

夕陽下，狄太后一臉的安適恬然，腦海中已經浮現日後含飴弄孫，得享清福的生活景象了。

萬花樓演義

萬花樓演義──忠肝義膽

讀完本書，你是不是對狄青的故事有更深刻的了解呢？想一想，回答下面的問題吧！

1.你覺得狄青有哪些特質是值得你敬佩的？

_____

_____

_____

2.說說看，為什麼狄太后在宋仁宗即位後不把他的身世告訴他呢？

_____

_____

_____

_____

3.假如你是狄青，當你看到胡倫仗勢欺人，你會怎麼做？

_____

_____

_____

_____

4.故事中提到宋仁宗小時候喜歡掏蟋蟀，那麼你最喜歡的戶外活動是什麼呢？

_____

_____

_____

_____

_____

另有其他學習單，可到三民網路書店下載

在經典故事中成長

——有圖、有料、有意思

唐三藏西天取經、魯智深大鬧桃花村、

諸葛亮草船借箭、牛郎織女鵲橋相見……

過去，我們讀這些故事長大

現在，我們讓這些故事陪孩子一起長大

豐富的文化應該被傳承，傳統的經典需要有新意

小說新賞，讓經典再現——

- 導讀簡明，掌握故事緣起
- 內容生動，融合古典新意
- 插圖精美，呈現具體情境
- 經典新編，富含文學性質

全系列共三十冊　敬請期待

一生不可不讀的三十本經典

兒童文學叢書

每個孩子都是天生的詩人

您是不是常被孩子們千奇百怪的問題問得啞口無言？
是不是常因孩子們出奇不意的想法而啞然失笑？
而詩歌是最能貼近孩子們不規則的思考邏輯。

小詩人系列

 現代詩人專為孩子寫的詩　　 **親子共讀，促進親子互動**

 詩後小語，培養鑑賞能力　　 **豐富詩歌意象，激發想像力**

 釋放無限創造力，增進寫作能力

國家圖書館出版品預行編目資料

萬花樓演義／張博鈞編寫;簡志剛繪.－－初版一刷.－
－臺北市: 三民, 2012
面; 公分.－－(兒童文學叢書／小說新賞)

ISBN 978－957－14－5710－9 (平裝)

859.6   101015225

© 萬花樓演義

編 寫 者	張博鈞
繪 者	簡志剛
責任編輯	莊婷婷
美術設計	馮馨尹
發 行 人	劉振強
著作財產權人	三民書局股份有限公司
發 行 所	三民書局股份有限公司
	地址 臺北市復興北路386號
	電話 (02)25006600
	郵撥帳號 0009998－5
門 市 部	(復北店)臺北市復興北路386號
	(重南店)臺北市重慶南路一段61號
出版日期	初版一刷 2012年10月
編 號	S857620

行政院新聞局登記證局版臺業字第○二○○號

有著作權·不准侵害

ISBN 978－957－14－5710－9 (平裝)

http://www.sanmin.com.tw 三民網路書店
※本書如有缺頁、破損或裝訂錯誤,請寄回本公司更換。